Maizy Chen's Last Chance

# 十二岁
# 忽而长大

[美国] 易丽莎 著　谈凤霞 译

译林出版社

**图书在版编目（CIP）数据**

十二岁忽而长大 /（美）易丽莎（Lisa Yee）著；谈凤霞译. -- 南京：译林出版社，2025. 4. --（小译林国际大奖童书）. -- ISBN 978-7-5753-0437-5

Ⅰ. I712.84

中国国家版本馆 CIP 数据核字第 20240BC501 号



著作权合同登记号　图字：10-2023-324 号

**十二岁忽而长大　［美国］易丽莎 / 著　谈凤霞 / 译**

总 策 划　葛庆文
执行策划　陈　叶　彭　波
责任编辑　朱旭玲
装帧设计　韦　枫
内文插图　妙象童画
版式设计　陆　莹
校　　对　戴小娥
责任印制　单　莉

出版发行　译林出版社
地　　址　南京市湖南路 1 号 A 楼
邮　　箱　yilin@yilin.com
网　　址　www.yilin.com
市场热线　025-86633278
排　　版　南京新华丰制版有限公司
印　　刷　南京新世纪联盟印务有限公司
开　　本　880 毫米 ×1240 毫米　1/32
印　　张　7.5
插　　页　8
版　　次　2025 年 4 月第 1 版
印　　次　2025 年 4 月第 1 次印刷
书　　号　ISBN 978-7-5753-0437-5
定　　价　35.00 元

一个老太太正在用竹扫帚清扫人行道。“奥妈？”我叫住她。奥妈松开扫帚，捂住心口。她旁边立着一座巨大的黑熊雕像，这让我不由感到紧张。

这里就像个博物馆，只不过里面摆放的不是艺术品，而是不配套的餐桌椅和各种美食。

“嘿！”之前在附近晃悠的男孩骑着自行车过来了。“我是洛根！你刚刚是在许愿吗？我在那里许过很多愿望。有一次，我许愿要一只羊驼……”

他轮子上的彩色丝带旋转着，看起来就像他骑在大风车上。每个看到我们的人都微笑着，叫着奥爸的名字，和我们打招呼。那只懒狗摇着尾巴跟在我们后面小跑着。

奥妈热情地说着“欢迎光临夏威夷之夜”，迎接所有的顾客……大家都祝奥爸和奥妈结婚纪念日快乐。

我把它掏了出来，打开这个天鹅绒盒子，凝视着一把精巧的金钥匙，眼泪终于夺眶而出。

# 序言 Preface

## 以食物为核，以情谊为根，以正义为责

谈凤霞（南京师范大学教授、国际安徒生奖评委）

在美国华裔儿童文学作家中，易丽莎（Lisa Yee）是创作颇丰且成就卓越的佼佼者。她的儿童小说《十二岁忽而长大》（*Maizy Chen's Last Chance*）荣获2023年纽伯瑞儿童文学银奖、亚太裔美国儿童文学奖，并入围美国国家图书奖（青少年文学）决选名单。作为第三代华裔美国人，易丽莎的作品主要聚焦美国华裔儿童的生活。

《十二岁忽而长大》以美国华裔移民历史为背景，以在洛杉矶长大的华裔女孩陈梅子为主人公，讲述几代人相互包容、充满温情的家庭故事。在即将年满十二岁的那年暑假，梅子跟随妈妈去明尼苏达州一个名叫“拉丝强斯”的小镇探望重病的外公，并帮助外公、外婆经营名为“金宫”的

中餐馆。起初，梅子感到陌生和隔膜，但是随着她和外公、外婆的深入接触，梅子的内心悄然发生改变，她用智慧和勇气，一步步揭开了隐藏在“金宫”的秘密。

小说以梅子为桥梁，连接起不同的地方、不同的时代和形形色色的人，也串联起几代华裔移民的生活和历史。作者选择中餐馆“金宫”为主要故事发生地，以当下生活和外公讲古展开两条不同时空的故事线，双线交叉并行。

食物在这部小说中成为重要的元素。食物纠结了多重矛盾：一是家庭中梅子的妈妈和梅子的外公、外婆之间的代际文化矛盾，一是华裔移民与他们的生存环境之间的社会矛盾。代际文化矛盾主要在于：梅子的外公、外婆将中国餐饮文化奉为圭臬，而梅子的妈妈因吃够了中餐而更愿意接受麦当劳等西方快餐食品。妈妈违背自己父母的饮食准则而一意孤行，这一叛逆是对东方式家庭伦理的违背，也是一种文化和精神上的叛逆。她后来选择成为食品造型师，给仿制的假食品拍广告，这让她父母深感震惊。她一直认为固守中国文化的父母不理解她，直到后来才发现，父母虽然不完全认同西方饮食文化，但也能以包容的心态接纳西方美味并创造中西融合的菜品，而且他们

从心底里为女儿敢于追求梦想的独立精神和所取得的成就而骄傲。梅子对中国食物由感到陌生、好奇，到接受和喜爱。她也是化解妈妈和外婆之间误会的催化剂。梅子具有的开放姿态和共情力使她成功地完成了“融合”任务。

相比家庭中因食物而产生的代际冲突，由食物连接的社会矛盾更为激烈。梅子对祖辈历史充满兴趣，喜欢听外公讲述他的家族一百五十多年来的历史——外公的祖父阿福从少年时起在美国艰难谋生和立足的奋斗史。阿福在加州淘金潮时期来到美国，之后参与艰苦的铁路修建，最终在美国中部地区开办自己的中餐馆，克服各种阻挠并竭力周济他人。梅子通过追溯家族历史，也知晓了祖辈跌宕的人生和令人敬仰的美德。

梅子在小镇上度过了一个不平凡的暑假：周围事件风云四起，而她内心也风云变幻。她从最初的不喜欢、不适应，到最后有了“在家感”和“不舍感”。梅子深深地爱上了中国烹饪，爱上了情深意重的外公、外婆，也爱上了所有善良而美好的人。在外公的葬礼活动上，梅子把外公临终前给家人和朋友们准备的幸运饼干分发给大家，里面的幸运签语是外公留下的温情、爱和希望。外公悄悄地把小镇颁发给他祖父阿福的金钥匙留给了梅子，这是一种对家族历史的纪念，更是继往开来的重任交托。当梅子听完了先辈阿福及其中餐馆通过食物和友谊将人们聚集在一起的故事，她也努力让人们团结起来，继续去改变至今仍然存在的社会矛盾。“至于布袋熊，它曾经被袭击过，被枪击过，被绑架过，还被涂鸦过，谁知道还会发生什么？但它仍然在金宫前站岗。虽然我不在拉丝强斯，但我觉得我就在它身旁。”聪明能干的梅子通过各种渠道，为外公的中餐馆找到了合适的接盘者。巧的是，接手者的先辈曾从“金宫”获得过照顾和生存的希望。这一同族交接，意味着对中国餐饮精华、民族美德和人文情怀的承续。

小说结尾，梅子手中拿着外公传给她的金钥匙跟小镇朋友洛根通电话，而之前从不烧中国菜的妈妈也准备了中国饭菜喊她吃饭。小说的最后一句是“该去吃饭了”，以“吃饭”这个行为来收尾，将故事落在了对中国餐饮所包含的亲情、文化和伦理的

皈依之中。

作者以现在和过去的两条线索精巧地编织涉及族裔生存现实和历史际遇的故事，彼此交错又呼应，形成富有张力的二重奏。在以梅子口吻讲述的现实故事中，节奏轻快，风格颇幽默；而在外公讲述的历史追怀中，调子颇沉重。在波澜起伏的故事发展中，梅子的成长心路也细腻地展开：从对自己华裔身份的无感和无知，到有所觉察和困惑懊恼，再到自觉地追寻来处，成为敢作敢为的担当者。她和小镇上心怀善意的白人同伴建立起彼此鼓舞的友谊，而在她自己的家庭中，她见识了外公、外婆之间相濡以沫的爱情，也帮助妈妈和外婆消泯了宿怨，并机灵地撮合了外公和反目成仇的老友之间“死灰复燃”的友情。中餐馆也是各色人等的汇集地，梅子学外婆观察顾客，学会了“识人”，她逐渐炼就一双“火眼金睛”，也拥有了开阔、敏感且勇敢的心灵。

英文书名“Maizy Chen’s Last Chance”一语双关。“Last Chance”作为小镇名称，中译本音译为“拉丝强斯”，而其原意为“最后的机会”。作者巧妙地用此短语来关联故事内容，使得书名包含了多重寓意：这是梅子在拉丝强斯小镇度过的一个不平凡的暑假，是她和不久于人世的外公深入交谈、了解家族历史的最后机会，是外公所讲述的上一代华人移民改变命运和地位所需要抓住的宝贵机会，同时也是梅子为改变社会矛盾所要采取行动的重要时机。即将迈入十二岁的梅子通过寻根溯源，发现并尊重自己的文化来处，完整地认识自己的文化身份，并积极地担当起为族裔地位以及平等和谐的社会理想而奋斗的使命。

我们的成长并非总是一点一点地慢慢蜕变，有时候，会在一些突发事件的冲击下发生性格和思想的剧变。梅子这种看似迅捷的“忽而长大”并不莽撞，而是在经受了锤炼、洗礼之后迸发出了智慧和力量。她更加懂得爱护美好的情谊根基，秉持不屈不挠的勇毅精神，以维护正义为责任！这，正是长大的一种标志，一种坚实的足迹。

献给我的父母，献给本尼和凯特，
尤其要献给我的祖父母，是他们开启了这趟旅程。

故事并非都从“头”讲起。

# 目　录
Contents

# 第一章

馅饼是假的，但我的奥爸、奥妈①并不知道。至少一开始并不知道。妈妈邀请他们来观看由她制作的“美味薄片脆皮派”商业广告。我第一次跟妈妈一起去拍摄现场时，她告诉我：“作为一名食品造型师，我要做的就是确保所有食品在镜头前看起来都很炫。”

奥爸、奥妈直接从机场赶来，脖子上戴的护颈枕还没来得及摘下。我的任务是确保他们不会惹上麻烦。

奥妈一放下行李箱，就兴奋地冲了过来，几乎把我扑倒。奥妈的拥抱让我有些尴尬：一方面是因为她的护颈枕；另一方面是因为虽然我已经八岁了，但这是我第一次见到她本人。我的好朋友姜姜认为，我和外祖父母之间这么生疏，简直不可思议，因为她的家人之间关系非常亲密。

“这很复杂。”我曾试着向姜姜解释，但实际上我自己也不太理解。我和妈妈几乎无话不谈，可只要说起她与她父母

---

① 奥爸、奥妈：原文“Opa”（爷爷、外公）和“Oma”（奶奶、外婆）是德语，这里用德语的音译，故翻译成“奥爸、奥妈”。本书注释均为译者注。

的关系，那就完全不同了。

在拍摄现场，奥爸的兴致比他头顶上摇曳的舞台灯光还要热烈。“梅子，你都长这么大啦！”奥爸翻来覆去地感叹，直到他被那只有一面墙的假厨房吸引过去。

那时，奥妈正指着围在一起的一群人。“他们不是应该在工作吗？”她问道，“他们为什么没在工作？”

妈妈平静地站在人群中间。导演喊道：“夏洛特，我现在要试着拍摄馅饼！”

“你会有馅饼的。”妈妈说着，指向摆放在折叠桌上的两打馅饼。

有一些馅饼已经完全烤好，另一些等着放入烤箱，准备拍特写。看着妈妈用一勺圆润的土豆泥代替了香草冰淇淋——因为土豆泥不会融化，我的外祖父母震惊得哑口无言。玻璃杯里装的不是牛奶，而是胶水，因为这样在镜头前更好看。

奥爸、奥妈也做餐饮业。他们拥有金宫饭店。他们在明尼苏达州名为“拉丝强斯”的小镇经营一家中餐馆。妈妈曾告诉我：“梅子，你是‘拉丝强斯’小镇上陈氏家族的最后一代。”这听起来有些奇怪，因为我从来没有去过那里。

我的外祖父母开始窃窃私语，我凑过去偷听。

“夏洛特从哪里学来了这一套？”

“绝不是从我们这儿！”

“这不是真正的食物。”

当妈妈在馅饼上挤了一罐剃须膏来代替鲜奶油时，奥妈的样子就像是刚看到了僵尸。

这一切太离谱了。奥妈一手拎起她的行李箱，一手抓住奥爸。“走，我们回家！”

“可我们才刚到这儿——”奥爸抗议道。这时他注意到烤箱没有背面，里面有一台照相机。

他还没来得及说什么，奥妈就吻了吻我的头顶。“我们爱你，梅子。来看望我们吧！”

那是我上一次见到奥爸、奥妈时的情形，直到今天，我们才再次相会。

## 第二章

一个老太太正在用竹扫帚清扫人行道。

“奥妈？”我叫住她。

奥妈松开扫帚，捂住心口。她旁边立着一座巨大的黑熊雕像，这让我不由感到紧张。

“奥爸！”她朝金宫饭店大声喊道，“我们的梅子来了！”

从屋里传来一个男人颤抖的声音：“梅子？梅子，过来，让我看看你！”

“我的小梅子。”奥妈说道。这么说很滑稽，因为奥妈只比我高几英寸。“你终于来看我们了！”

我没有告诉她我是别无选择。她今天看起来比我上次见到时要开心得多，上次是三年前在“美味薄片脆皮派”的商业广告拍摄现场。那条广告让妈妈登上了《美食造型师月刊》的封面，但让妈妈耿耿于怀的是——她的父母甚至连个招呼都没打就转身离开了。

一个男孩骑着一辆破旧的自行车路过。他绕了一圈，猛地刹车。难道他不知道盯着别人看很不礼貌吗？我蹑手蹑脚地走过那只吓人的熊，听到妈妈清了清嗓子。她正双臂交叉抱在胸前，倚在我们的小汽车上。挡风玻璃上落满了各种被撞碎的虫子尸体，这是我们从洛杉矶出发以来，一路开了三天酿成的“事故”。

“你好，老妈。”妈妈摘下了墨镜，“梅子可不是自己开车来拉丝强斯的。我也来了。”

## 第三章

我走进金宫饭店，姜蒜爆香的味道一下子让我想起，我们一口气开了两百多英里，连口饭都没吃上，我早已饿得前胸贴后背！我站在餐厅里惊奇地四处张望，看见锡制天花板上悬挂着红色的中国纸灯笼。墙上有一把漂亮的金钥匙。

餐厅里空空荡荡的，只有一位衣着古雅的女士坐在餐厅正中的桌子旁。她正上下打量着我们，就像在看电视真人秀一样。

“梅子，过来！”

我循着咳嗽声走去。厨房旁边，奥爸坐在轮椅上。我冲他微笑，但他的消瘦让我很吃惊。在照片里，他可是胖胖的。

自我记事以来，妈妈和奥妈就一直用电子邮件互发照片，也会通电话。虽然我们也试过一回视频聊天，但效果不好。当时我和妈妈只能看到他们家里的天花板，而奥爸一直在问：“这个开着吗？怎么打开？”几个月前，他们的电脑坏了，因此邮件和照片的发送也便中断了。

“嘿，老爸。”妈妈的声音很柔和。她半跪下来和他说话：“你还好吗？”

“好！很棒！非常健康！”奥爸拿起妈妈头上那顶褪色的洛杉矶道奇队棒球帽。她的黑发披散在肩上，使她看起来比实际年龄要年轻。奥爸满头银丝，尽管已经八十多岁了，但脸上的皱纹并不多。

“他们让我整天坐在这把愚蠢的轮椅上，只因为他们觉得我快要死了。”奥爸对我眨眨眼。

我应该回他一个笑容吗？

奥妈再次拥抱我：“别理那个老顽固！”

“爸，你真是的！”妈妈抗议道，“你不应该说这种话。”

之前我和妈妈开心地驾车穿越国土，一路欢声笑语，彼此大声说出我们最喜欢的电影台词，比如《公主新娘》里的“不

福
福
福
福
15¢

可思议”，《绿野仙踪》里的“没有比家更好的地方了”。但离拉丝强斯越近，妈妈就越安静。最后一个小时的路程，她甚至都不说话了。我们来这里，是为了奥爸。

“你感觉怎么样？”妈妈问。

奥爸的眼睛缓缓闭上。他的身体忽然抽搐起来。这可怎么办？我转向奥妈。她问我：“你是不是饿了，梅子？”

“快叫救护车！”妈妈着急地喊道，“爸，跟我说话！”

“怎么啦？”他先睁开一只眼睛，然后睁开另一只，对妈妈说，“骗到你啦，夏洛特！”奥爸冲我咧嘴笑，我发现自己也在笑，但是妈妈没有笑。

在这片混乱中，有位顾客走了进来。

奥妈赶紧过去递给那人一份红色的菜单。菜单上有些字母已经磨损了，正面的“金宫”看上去像是“全吕”。[1]

“这是正宗的中国菜吗？”那个大个子解开领带，懒散地坐下。

奥妈点点头：“绝对正宗！我们所有的菜都是代代相传的中国风味。”

“很好！”他合上菜单说，“给我来一份炒杂烩，还有奶油芝士馄饨。中国菜必须是正宗的，不然干吗来吃中餐，对吧？”

---

① 在原文中，菜单上原本的饭店名是“GOLDEN PALACE”，字母磨损后，显示为“OLDEN PAL CE”。

# 第四章

奥妈示意我跟着她进厨房。金属架子上堆放着一袋袋大米、一箱箱幸运饼干和一壶壶酱油。

“炒杂烩，”她不屑地说，“那不算是真正的中国菜。”她又停下来拥抱我。“哦，我的梅子！”

奥妈伸手拿过一把大菜刀。当她以闪电般的速度切猪肉、芹菜和蘑菇时，我先是向后退缩，接着不由惊叹。奥妈用锋利的刀刃把所有的东西都刮进热锅里，蒜末在油里嗞嗞作响。火焰呼呼直往上冒，我吓得往后一跳，但这香味使我馋涎欲滴。

她像篮球明星勒布朗·詹姆斯一样灵活地转身，把馄饨扣进油锅里。神奇的是，它们立即从白色变成了金棕色。奥妈递给我一个让我尝尝，然后把炒杂烩从锅里铲进一个厚实的白盘子里。光是看着她忙活，我都觉得累。

我嘴里叼着滚烫的馄饨，用手扇风。“我从来没听说过奶油芝士馄饨呢。”味道真是好极了——表皮酥脆，馅料丝滑细腻。“乳制品在明尼苏达州很受欢迎。”她一边解释，一边把一盘盘食物放进一个又大又圆的黑色托盘。

“那么，这些到底是中国菜还是美国菜？”我问。

“都是。”奥妈的回答含糊不清。

她招待完顾客，就立即去给我和妈妈做饭。奥爸和那个老太太一起喝茶。

“梅子，快坐下。”奥妈喊我，“该吃饭了。”

我们享受了一顿家庭大餐，吃了猪肉叉烧炒面，还有蛋炒饭、豌豆和胡萝卜片。热气从香辣肉末茄子中袅袅上升。

尽管我饥肠辘辘，但当我用筷子夹起面条时，面条却没有落进嘴里，而是掉在了腿上。“奥妈，请给我一把叉子好吗？”

“中国食物应该用筷子吃！”她说。我感觉自己不由缩成一团，直到她眨了眨眼，塞给我一把叉子。“别告诉奥爸！”

饭后，我开始在餐馆里到处转悠，留下妈妈和奥妈两人在那里说话。她俩压低嗓音交谈，但语气里有压抑不住的愤怒。

“你来这里可是花了够长时间哪。”

“我在保证不会收到罚单的情况下，已经开足了马力。”

“不，我是说你花了将近三十年。”

我真不敢相信，我们千里迢迢来这里就是为了让她俩吵架的。我妈妈几乎从不生气——但当她和奥妈或者奥爸说话时，她的嗓音就会紧绷起来。为了不去注意她们，我认真地察看金宫墙壁上的照片和纪念品。这里就像个博物馆，只不过里面摆放的不是艺术品，而是不配套的餐桌椅和各种美食。哦，这么说似乎不妥，因为妈妈告诉别人，她从事的是烹饪艺术——所以，也许美食也算得上是一种艺术。

一个银色相框里镶着一张褪色的中国新娘的照片。一份金宫的宣传单上显示，一顿大餐只要十五美分。还有一张夏威夷海报，挂在这里似乎有些格格不入。

我踱进厨房旁边的一间小办公室。桌上堆着一摞账单，墙上钉着不少照片，几十张中国男人的照片。照片里的人看起来很年轻，但照片已经很老旧。角落里收藏着一张手写的便条，字迹模糊不清，我努力辨认出了上面的字："我是美籍华人。"

"来吧，梅子。我们去安顿住宿。"妈妈的声音听起来很疲倦。

那个骑自行车的男孩还在餐馆外面。我们互相看了对方一眼，但什么也没说。

奥妈瞥见我们车厢里乱扔的快餐包装纸时，发出了嘘声："房子没有上锁。你知道怎么去那里吧？"

妈妈叹了口气。从我们离开加州开始，甚至可能在那之前，这口气就一直憋着。"我以前住在那儿，您总记得吧？"

## 第五章

似乎刚踩下汽车油门，我们就到了一座有着红门的白房子前。我们的邻居是姓臧的人家，他们也有一扇红门。中国人认为红色是好运的象征。

妈妈吃力地拿起行李，我抓起一个包，飞快地冲进屋子。所有的家具看起来都很舒适，但是款式早已过时。我们加州自己家里的家具非常时尚，甚至有一张昂贵的设计师沙发，但谁也不允许坐。这座房子的客厅里挂着一幅狗在玩扑克牌的画，楼梯墙上的所有照片里竟然都是我。当我走到楼上时，我看到了一张最近在学校拍的照片——我因为戴着牙套而不愿意笑，像个呆子。

门上贴着张手写的告示：擅自入内，后果自负！但我还是进去了。这是妈妈以前的房间，看起来和家里其他地方大不相同。紫色的梳妆台和紫色的华盖床很相配。一面墙上贴满了鼓起来的贴画。如果我在自己房间的墙上贴这些，妈妈绝饶不了我。

小桌子上放着一台红色的打字机。书架上堆满了朱迪·布鲁姆的书和《疯狂》杂志。布告板上有一张毕业舞会的照片。妈妈头发拳曲，身边站着一个傻笑着的男孩。他俩看起来非常开心，像是在分享一个秘密。

“亚洲式烫发。”妈妈把我的行李箱放在懒人沙发旁，“我当时希望自己看起来能像其他那些鬈发女孩，但我的头发不听话。梅子，你可以住我这个房间。”

“真的吗？那太棒了！”

妈妈拿起一台旧式拍立得相机：“笑一个！”

它闪了一道光，吐出一张照片，我们俩都很惊讶。她把这张快照递给我，我看着自己的影像一点点清晰起来。

“宝贝，我要告诉你一件事。”

我屏住呼吸。每当人们说“要告诉你一件事”而不直接说出来时，通常都不是什么好事。

妈妈低下头，看着自己的手，说：“奥爸病得比我想象的更严重。”

当妈妈接到奥妈的电话时，我听到她在哭。“你为什么不告诉我？为什么要等这么久？”

那是上周三的事。周四，妈妈重新安排了工作时间表，取消了我的夏令营。到周五，我们就上路了。今天是周日。

显然，奥爸已经病了一段时间了，但他们直到上周才告诉我们，因为奥妈不想给别人添麻烦，而且奥爸也不想让任何人知道。姜姜的奶奶就不一样，她只要有一点小毛小病，就统统告诉家人，甚至有时还会无中生有地编造一些来引人关注。但在我们家，很多事情都不会直接说出来。

“他病得有多重？”我问道。奥爸除了得坐轮椅和瘦得皮包骨头之外，看起来精神挺好的。他常常大笑，而且爱开玩笑。病重的人会这样吗？

妈妈瘫倒在床上，面朝天花板说话：“我会带他去看医生，这样我就能得到确切的信息。想从你奥妈那里套出真话来，实在太困难了。我相信他很快就会好起来的。”

“一个星期？还是两个星期？”

“可能一个月，甚至两个月。梅子，这可真说不好。”妈妈看起来忧心忡忡。她一向三头六臂，能同时处理多件事情。

两个月？等等！那几乎是整个暑假了。我本来可以在假期玩得很开心，而不是被困在拉丝强斯这个弹丸之地。我理应为生病的奥爸而感到难过，但此刻我最同情的却是我自己。

## 第六章

我百无聊赖地待在客厅里。桌上除了放着药瓶，还放着几副扑克牌和一个装满彩色扑克筹码的透明盒子。沙发上整整齐齐地叠放着床单、毯子和枕头。奥爸就睡在这里，因为他没有力气爬上楼梯，而且奥妈也背不动他。

“我可能整个夏天都要被困在这里了！”我对着手机哀叹。

“梅子，如果没有你，我可怎么熬过早午餐①时光？”姜姜也很沮丧。

每个星期天，奥尔特加家的所有亲戚都聚在姜姜的奶奶家共进大餐。姜姜有很多表兄弟和表姐妹，有些甚至有相同的名字。我希望我也有一个大家庭。她妈妈有很多兄弟姐妹和姻亲，等明年再婚时，会有更多的亲戚。而我妈妈还没结

① 早午餐，指的是在早餐和午餐之间，把早餐和午餐合并起来吃的一顿饭。

过婚呢。

打完电话后，妈妈建议我去小镇上溜达一圈。到目前为止，我觉得这里挺没劲的，甚至连家电影院都没有。我敢打赌，在拉丝强斯这个小镇，什么大事都不会发生。

在加州我自己的家那里，一栋栋房子，鳞次栉比。而在这里，屋前是宽大的草坪，房屋之间疏疏朗朗。一切看起来都很老旧。我停下脚步，看着一座阴森的灰色大宅。那里杂草丛生，喷泉已经干涸。我以为这是一座荒宅，当我突然发现蕾丝窗帘被微微拉开时，我吓得赶紧跑开了。

主街跨了三个街区，尽头是一座教堂。我闻到附近飘来某种诱人的香味。一扇窗户上画着广告——世界上最好的烤香肠！我拍了张“维尔纳香肠”[①]的标牌照片给姜姜看。这肯定会让她笑翻。

一条大狗一动不动地躺在人行道上。它死了吗？我小心翼翼地靠近它，看到它眼睛睁着，这才松了口气。它打了一个哈欠。

我弯腰拍了拍它：“你好，我是梅子。”

它的皮毛是巧克力色的，额头上有一个心形的白色斑点。人们都说狗不会笑，但这只狗看起来确实在对我微笑。

拉丝强斯银行兼图书馆，这名字听起来很滑稽。我试

---

① 维尔纳香肠，英文原文是“Werner’s Wieners”，香肠卖家“Werner’s”和法兰克福香肠“Wieners”的拼写与发音类似，所以梅子觉得很好笑。

着推门，但是门锁上了。一张小小的黄色便条上，用花体字写着告示：因洪水而关闭。如需存款或取款，请打电话给黛西·G.。

但上面没留电话号码。

我在一条小街上发现了拉丝强斯鱼饵和钓具店。这家商店还卖人寿保险。这里的一切似乎都有双重身份。我想知道金宫饭店兼做什么。

当我走近本·富兰克林苏打汽水折扣店时，一位女士立即打开了门，好像她一直在等我来似的。她的名牌上写着：伊娃。她留着一头白色短发，这让我说不准她到底是年轻还是年老。

“很开心再次见到你！”伊娃说。

“呃，这是我第一次来这里。”

她透过镶有水钻的眼镜，眯眼打量我。“哦，是我弄错了。你看起来像另一个人。”

我一直以为我看起来就像我自己。

“那么，你来自哪里，亲爱的？”

“加利福尼亚。”

伊娃摇摇头，说：“我是说，你是什么地方人？”

“洛杉矶——”

“我是说，你的民族，你的国籍。”

哦，好吧。

“我的国籍是美国。”我回答。但是，因为我知道她实际上在问什么，就补充道:“但我的族裔，如果你是指这个的话，我是华人。”

“好的，欢迎来到拉丝强斯。你应该试试金宫饭店。明尼苏达州最好的中餐馆！”

我勉强笑了笑。我和姜姜自从一年级相识以来，就有说不完的话，但我从来不擅长和陌生人交流。

本·富兰克林苏打汽水折扣店闻起来有苹果的气味。手工制作的珠宝和装满彩色糖果的玻璃罐，让我感觉好像走进了一座宝库。一个身材高大、穿着橙色毛衣的秃顶男人坐在汽水柜台前。他从香蕉摊上抬起头来，但当我们的目光相遇时，他转过身去，似乎有点羞涩。

过了一会儿，我走向收银台，把一只蝴蝶发夹递给伊娃。她点点头:“我一直在想这会属于谁。”随后，伊娃给了我八五折的友情价，尽管我们才刚认识。

市中心的边缘有一个火车站。我透过窗户向里望去，所能见到的只是灰尘和蛛网，这个地方看上去已经废弃了几十年。对面有一口古老的石井，像是和童话故事里的井一模一样。我希望拉丝强斯没有邪恶的反派。我知道了！我要给姜姜发一个我许愿的视频，就像电影中的白雪公主一样。

我掏出手机，倚在井边，许了个愿，然后……

# 第七章

“哦不——”

妈妈警告过我无数次，如果我再丢手机，她就不会再给我买新的了。我围着井不停地绕来绕去，好像只要这么转就能解决问题似的。

“嘿！”之前在附近晃悠的男孩骑着自行车过来了。“我是洛根！你刚刚是在许愿吗？我在那里许过很多愿望。有一次，我许愿要一只羊驼……”

他鼻子上的浅棕色雀斑与他的头发颜色很搭。洛根似乎喜欢和陌生人说话，而我却很讨厌。我等他说完后喘口气时，问他：“你能给我打个电话吗？”

洛根看起来惊讶极了。

“我的意思是，你能给我的手机打电话吗？我的手机掉进了井里，我想知道它还能不能用。”

“它可能坏了，”洛根实事求是地说，“不过当然，我可以给你打电话。”

他从口袋里拿出一支笔，在手上写下了我的号码。“你叫什么名字？你为什么在这里？你从什么地方来？”

洛杉矶人从来不问我从哪里来。

洛根很烦人，但我需要他的帮助。“我叫梅子，我来看望我的奥爸、奥妈，我的祖先是中国人。”他点点头。“嗯，好的。当然。但你到底来自哪里呢？圣保罗？麦迪逊？你知道，我问的是哪个城市？”

天哪！“我来自洛杉矶。”

“迪士尼乐园！”洛根说道，语气里满是赞叹，然后就骑车离开了。

“等等！”我在他后面喊道，“你不是说要给我打电话吗？”

“我会的，”他回头喊道，“我没有手机，所以我要回家给你打电话。再见，来自洛杉矶的美籍华人梅子！”

## 第八章

昨天我在许愿井旁等了好久，洛根也没打电话来。或许他打过，但这就意味着我的手机坏了。我没敢告诉妈妈。

我到金宫吃午餐时，迎接我的是那只木雕熊。它比我高约两英尺。我举起双手做出爪子的样子，对它大声咆哮。

“梅子！”奥爸把轮椅转到门口，“看来你已经见过布袋了。它不咬人。和它握握手！”

被人发现我刚才的咆哮，我很难为情，只好拍了拍熊的爪子。

走进餐厅，我看见昨天那位气质古雅的女士又坐在餐厅中央的同一张桌子旁。“你来了！”她用冰蓝色的眼睛盯着我，让我动弹不得。“你在这里工作吗，小姑娘？”

“我？”尽管这位女士只有布袋熊的一半大小，但她比大熊还吓人。

奥妈来到我身边：“贝丝夫人，您要些什么？”

老太太把一只碗倒扣：“吃完了！”

“梅子，”奥妈吩咐我，“给贝丝夫人多拿一些炸云吞条，再端一壶新茶。”

贝丝夫人对我们报以一丝微笑：“我的姜汁茄子烧得怎么样了？”她和奥妈说话时，声音柔和甜美。

“我们马上去看看。”奥妈应着。她把手搭在我肩上，把我带进厨房，轻声说道：“贝丝夫人是小镇上最富有的人。”

这难道是给她不友善行为找的理由吗？

妈妈正在和一个顶着一头鸟巢般红发的年轻姑娘交谈。她俩都盯着一个巨大的紫茄子，就像它马上要孵化一样。

“夏洛特！黛西！”奥妈叫道，“退后。”

她抓起一把菜刀，切茄子的速度比“武士厨刀广告”里的黑带选手还快。奥妈切完后，将一碗炸云吞条递到我手上，又把一壶热茶塞进我另一只手：“给贝丝夫人送去。”她把我推向餐厅。

妈妈嘟囔着：“你是说‘麦克白夫人’吗？我这么叫她，是因为她太爱小题大做了。她过去老是对我呼来喝去。看来现在轮到你了，梅子。”

那位年轻姑娘惊讶得下巴都要掉了：“你的名字是梅子？我的名字是黛西！”

我在想她是不是银行兼图书馆的那位黛西。在拉丝强斯会有多少个黛西呢？

“我们的名字很相近。”黛西兴奋地说。她的项链是用彩色纽扣穿起来的。“听上去就像我们是姐妹或表亲一样。”

我点点头，但不知道要不要告诉她实际并非如此。

我回到餐厅，小心翼翼地走向“麦克白夫人”。

“茶呢？”她问。我一声不吭，开始倒茶，但没能对准杯子。“嗯哼！”“麦克白夫人”发出轻蔑的声音，好像我是故意这么做的。我拼命用餐巾纸擦拭，用余光搜寻妈妈的身影，指望她来救我，但她却忙着和某个陌生人拥抱。

“我们有多少年没见了，夏洛特？”他的T恤上写着：阅读是我的超能力。

妈妈脸红了吗？我觉得她在脸红。

“大约一百年了吗？”

他们俩都爆发出一阵大笑，尽管她的笑话一点也不好笑。

他们两个都没看我，但我忍不住地盯着他看。等等——那个傻笑似曾见过。他就是毕业舞会照片里的那个男孩！

既然妈妈的心思被吸引过去了，现在可是我的好机会……

“嘿，妈妈，我可能把手机掉进了井里——好吧，待会见！”

我几乎刚走出门便听到喊声：“你给我回来，小丫头！”

妈妈看起来既生气又愉快："格伦，这是我的女儿梅子。梅子，这是我的老朋友格伦·霍姆斯——现在是霍姆斯校长。"

"很高兴认识你，梅子。"他和我握了握手，"我想你们母女俩现在可能有话要讲，那我就先走了。回头见，夏洛特。"

"回头见！"她在他身后喊道，样子很激动。

## 第九章

我们的谈判结束了，妈妈占有百分之百的发言权。我沮丧地走进厨房。奥妈正在办公室整理账单。"钱，钱，钱，"她嘟哝着，"所有东西都要花钱。"

"没错。"我告诉她。我将不得不为一部新手机买单，那可价格不菲。我再次环顾办公室的墙壁。"那些人是谁？"我指着老照片问道。也许是我的祖先？姜姜最喜欢的奥利芙姨妈（她有两个姨妈）曾把他们的家族历史追溯到19世纪的墨西哥。但我对自己家族的历史一无所知。

奥妈突然从桌前起身喊道："糖放得太多了！"黛西吓了一跳，把糖撒得满柜台都是。

妈妈说过，当奥妈不想谈论某件事时，她就会转移话题。也许奥爸会告诉我关于那些照片的事情。

现在早就过了午餐时间。餐厅里只剩下"麦克白夫人"了。

“我们喜欢在用餐高峰过后吃饭。”奥爸解释道，而奥妈不断给我们端来一道又一道菜肴。她以为我们能有多饿呢？

奥妈默默地在我的盘子旁边放了一双筷子。我放下叉子，试着用筷子。当一块橙汁鸡掉到我腿上时，我用餐巾纸把它包了起来。只有“麦克白夫人”看到了。她摇了摇头。我不理睬她，把椅子挪到离奥爸更近的地方。

# 第十章

我在这里无事可做。我很想念姜姜。我在拉丝强斯已经待了快一个星期了，我最亲密的朋友是奥爸，他已经八十多岁了。妈妈要我陪他。我不是说奥爸很无趣，但他只想待在金宫饭店，而妈妈希望他多待在家里休息。

“你想干什么？”他看着我放在他面前的扑克牌。

“我希望你能教我怎么玩扑克牌。”

奥爸摇了摇头，说：“我已经有三年没玩过扑克牌了。”

“怎么啦？怕我赢你？”我咧嘴笑着说。

他脸上露出了顽皮的神色：“去拿扑克筹码……”

打牌的规则太多了！我得去找个本子记下来，但我唯一能找到的是一本空白的顾客点单登记簿。那就凑合着用吧。按照他教我的游戏规则，我们每个人都有五张牌，但在游戏开始前可以换牌，然后就得看“手气”——也就是抽到一手怎样的牌，最终的目标是赢得所有的扑克筹码。

“你手里拿到什么牌固然重要，但怎么出牌才是最重要的。”奥爸告诉我。

玩了约个把小时，我们休息一会儿，吃起了点心。奥爸举起一块幸运饼干。他超爱这个，所以我带了一整盒回家。“用锡箔纸包着的那种比较贵，但那可是上等货。”

“去年，我和妈妈去了旧金山的一家幸运饼干工厂，”我告诉奥爸，“饼干被放在传送带上，有人在每一块饼干中间放上一枚硬币，趁着饼干还温软，用手捏成形状。”

我用一张餐巾纸折叠出幸运饼干的样子给奥爸看。

他赞许地点点头。“在中国几乎没有人吃这种饼干，但美国人去中餐馆时却盼望吃到它。他们认为它能给自己带来好运！”

“真的能吗？”

奥爸眨了眨眼说：“心诚则灵。”

“你去过旧金山吗？”

他又吃了一块饼干。“没有，奥妈和我不能旅行。我们没法抽身离开餐馆。我们不在的时候，谁来打理它呢？”

所以，那次去加州，是他们唯一一次出门旅行吗？

妈妈和奥妈终于回家了。她们在大门口脱下鞋子，毛衣和奥爸的钓鱼背心也挂在那儿。她俩跟我们打了个招呼，就又继续争论起来。心烦意乱的奥妈想在奥爸的肩膀上盖一条毯子，却蒙住了他的头。

“夏洛特，你迫不及待地要离开，想去干什么？去做假食品？”

妈妈皱起眉头。

我看了看奥爸，他终于从毯子里挣脱出来了。

“我的工作在洛杉矶。他们不在拉丝强斯这里拍商业广告。我是一名食品造型师。”妈妈一字一顿地说。

从奥妈脸上的表情来看，她好像在说：“我是意大利辣香肠比萨。”

尽管她们可能在几分钟前才开始争吵，但很明显，这场争吵已经酝酿了很多年。

妈妈绷紧了下巴：“我的客户是美国最大的几家品牌方。我的职业被公认为是艺术行业。我为麦当劳的新广告设计炸薯条的造型！”

“薯条吗？”奥妈看起来像是咬到了一口酸柠檬，“那不是真正的食物。”

我不明白这话是什么意思。我一直以为土豆是食物。

她俩继续战斗，奥爸又把毯子蒙回到自己头上。

# 第十一章

每周四，热巧克力圣代半价。我又去本·富兰克林店，看伊娃在鲜奶油上撒上用碎坚果做的糖果——一种由巧克力、花生和枫糖浆牛轧糖制成的糖果棒。

我带了一本妈妈以前的《疯狂》旧杂志来看。难道她的幽默感就是从这儿来的吗？自从我们来了拉丝强斯之后，妈妈就没怎么笑过，但有时候她还挺搞笑的。有一次，我和姜姜在用妈妈的眼线笔给对方画胡子时，被妈妈撞见了。“梅子！姜姜！放下笔。”我们愣住了，直到她说：“画胡子，要用眼影笔，这样会画得更流畅。”然后，她在自己脸上画了一个给我们看。

三个和我年龄相仿的女孩坐在苏打汽水冷饮机的另一端。其中一个向另一个抱怨：“我觉得我的睫毛太长了。”第三个女孩似乎觉得很无聊。她很漂亮，像明星一样靓丽，有一头金色的长发。我敢肯定她一定自命不凡。

“我听说她是从洛杉矶来的。”

嗯？那两个女孩是在说我吗？她们知道我能听到她们说话吗？还是说，她们本来就想说给我听？

“她大概认为她比我们强吧，莱莉你说呢？”

那个漂亮女孩没有回答。

其中一个刻薄的女孩捏起自己的眼皮往斜上方提。

另一个开始大笑："你太滑稽了，卡罗琳！"

我的脸像着了火一样发烫。她们为什么这么刻薄，故意让我感到尴尬？尽管我才吃了一口圣代，但我还是起身离开了。

"哦，她连玩笑都开不起。"卡罗琳说。

我急匆匆地走出去,差点儿把正要进门的洛根撞倒。"嘿，梅子！"

我没有停下来跟他说话。我只想离开这里，火速逃离。

奥妈指了指堆了脏盘子的推车。"从8号桌开始收拾。"餐厅里的每张桌子都标有号码。

我利索地把灰色塑料箱装满。我学妈妈的做法，用剩下的茶水使劲擦洗玻璃桌面，直到擦得吱吱地响。等擦干净了所有的脏桌子，我感觉心情好多了。

我走进厨房找奥妈。"我喜欢你的裙子，"我对黛西说，它很像洛杉矶复古跳蚤市场上出售的东西，"是你自己做的吗？"

她的脸唰地红了，她指着我们存放大米的架子说："谢谢，梅子。我是用米袋子做的。"

"我妈呢？"我发现奥妈回到办公室时，便问她。

“她带你奥爸去看医生了。”奥妈在清点收据，但是没有用计算器，“他有点咳嗽。你妈妈很担心。但他其实挺好的，没有什么大毛病。”

可是，如果奥爸没事，我们为什么还待在这里？

我看着墙上的照片。他们是顾客？是朋友？还是亲戚？我喜欢那些年代久远的褪色的照片，人像看上去很神秘。有些照片下面写着名字：杰克、蒙蒂、弗兰克。每个人都看着镜头，也盯着我。

“你们都是谁？”我很想知道。现在我每次来金宫都会去看望他们，好像他们是我的老朋友一样。我正要问奥妈那个扛着沉重的米袋的男人是谁，黛西刚好在门口探了下头。“看，梅子，我在做饭！”她挥动着两把葱。

奥妈摇了摇头。她不化妆，一头灰白的短发，看上去仍然很标致。今天，她用蝴蝶发卡夹住了刘海，不让头发垂到脸上。我有个一模一样的。我凑近看了看——千真万确，那分明就是我的！

“我一个人做不了所有的事情。”奥妈朝黛西点了点头，黛西立即走出了我们的视线。“从奥爸第一次生病起，黛西就来帮忙了，但我之前不知道她的脑袋竟然空得像气球。”

“我也可以帮忙。”我告诉奥妈。

她吻了我的脸颊：“梅子，你是个乖女孩。”

奥妈对我很和蔼，但是，为什么她和我妈妈就不能和睦相处呢？

# 第十二章

我在办公室练习洗牌。我一直随身带着奥爸的一盒牌。就在我刚掌握怎么迅速洗牌的技巧时，妈妈终于回来了。洗牌的要领是：你每只手各拿半副牌，再把牌边折弯，你把牌松开的时候，两手的牌就交叠在了一起。

“奥爸怎么样？”我问道，把牌搁在了一边。

“他回家休息了。”她用指尖抵着额头，她头疼的时候常这么做。“医生说他最好待在家里，不要每天都来餐馆。”奥妈一直在擦柜台，假装没在听。“他不能太激动，那样对他心脏不好。”

黛西一边包饺子，一边自言自语：“填满馅再折叠，填满馅再折叠，填满馅再折叠——”

妈妈翻箱倒柜，到处找阿司匹林。“你没事吧，梅子？”她总能看出我哪里不对劲。

“刚才被几个女孩取笑了。”我咕哝道。

我还是很难过，而且感到羞愧。我甚至都不认识那些女孩，就遭他们嗤笑。为什么要牢牢记住别人对你的刻薄，而不是别人对你的善意呢？

黛西插嘴道：“人就是这样的。”

奥妈端着一盘热蛋卷走过来。妈妈伸手拿了一个。“我要去给奥爸送点吃的。”她边吃边说。

“让我去吧。”我自告奋勇，“我也可以陪他。”

妈妈点点头：“他会喜欢的。”

这一次，奥妈同意了她的看法。在我离开之前，奥妈悄声对我说：“你比那些女孩强。”

## 第十三章

我刚走出金宫饭店不到五步，洛根的自行车就从拐角处冲了过来，他骑得太快，差点儿摔倒。随后，他放慢速度跟着我。

“你想干什么？”我厉声责问，虽然我本意并不想表现得凶巴巴的。

刹那间，洛根脸上的笑容消失了：“给，你把它落在本·富兰克林店里了。”

是我的那本《疯狂》杂志。我还没来得及谢洛根，他就骑着车走了。

我感觉糟透了。这次我自己成了那种刻薄的女孩。

当我带着晚餐回到家的时候，奥爸正在看电视，一个名叫贾恩卡洛·卡洛斯·佛朗哥的主持人正兴高采烈地做节目，节目名为《你的美国小镇美食指南》。可一般有谁会穿着白色西装喝汤呢？

“千真万确！”奥爸赞同卡洛斯的观点，“汤的地位被低估了。在金宫，我们有馄饨汤、酸辣汤、蛋花汤……”

卡洛斯坐在宾夕法尼亚州多伊尔斯敦的一家咖啡馆里。他指着那碗胡椒汤赞叹道：“美味，太美味了！”他的语气里带着通常只有在橄榄球触地得分时才会爆发的那种热情。

“医生告诉我不要看那么多新闻，”奥爸抱怨道，“她说这会让我紧张。梅子，你知道是什么让我感到紧张吗？是那个医生。”

当奥爸看到印着红色宝塔的外卖包装袋时，他开玩笑地说：“又是中国菜？”

也许他吃腻了中国菜，所以最近才吃得少了？

“下次我可以从镇上买点吃的——或许可以吃维尔纳香肠——”我提议道。

“绝对不要！”奥爸吼道，“不要买维尔纳的任何东西。永远不要。”

“他的食物有那么糟糕吗？”

奥爸轻蔑地挥了挥手：“他的食物很棒，但是千万别告诉他我说过这话。在这个家里，我们不谈维尔纳。”

他转向卡洛斯，这人正在说：“菜单就像一个故事——开胃菜、主菜、甜点！开头、中间，和一个幸福的结局！”

“我喜欢听故事。”我说。我试着用筷子夹起西红柿牛肉炒面。我用筷子的技术稍有提高，但面条还是会掉。“奥爸，办公室墙上那些人是谁？”

“寻找家园的人们。”他掰开幸运饼干，但没有吃。他午餐也只是吃了一丁点儿。“‘要跑，别走。’”他念了幸运签语，而后笑了，“只要能站起来，我就够高兴啦。”

“拉丝强斯不可能是我们祖辈最初的家。我们一家是怎么到这里来的呢？”我想起了《绿野仙踪》，多萝茜的房子是被龙卷风卷走的。

“我们家族的故事可能会让你觉得很无聊。”他看着我用一根筷子戳起一只馄饨，像吃羊肉串一样吃馄饨时，不由笑了。“你对帆船、亡命之徒和金山之类的东西不感兴趣，是不是？”

我嘴里塞满了东西，但依然急切地回答：“不，我很感兴趣！”

“哦，好吧，这可是你逼我讲的哟。”奥爸拿起一杯水，每喝一口，身子就挺得更直一些，看起来心情也更愉快。“现在，想象你自己在世界的另一边。那是一百五十多年前的事了，当时中国大地到处都是饥饿和恐惧。但在一个寒冷的冬夜，燃起了一星儿欢乐的火花——”

我已经知道这将是一个好故事。

# 开 始

1853 年

很久以前，中国军阀混战，洗劫乡村，导致民不聊生，数百万人在死亡线上挣扎。在广东省的一个小村庄里，一个婴儿诞生了。父母一看到这个儿子，就流下了幸福的眼泪，而他们年幼的女儿看到这个小弟弟时，也很惊奇。

但并不是每个人都感到满意。从小屋黑暗的角落里传来一个低沉沙哑的声音，抱怨道："又多了一张嘴要喂。不过至少是个男孩，比女孩值钱。"

年幼的女孩听到她伯伯的话，羞愧地低下了头，因为她知道这是现实。儿子被珍爱，因为他们长大后会赡养长辈；而最终要嫁到别人家去的女儿，则被当作一种负担。

当父亲大声问询，给新生的儿子取什么名字好时，姐姐看看哭泣的婴儿。他是那么弱小。"他来到我们家是我们的福气，"她说，"我们就叫他阿福吧。"

多年以后，战争终于结束了，但人们依然很穷困。长期以来，他们一直忍饥挨饿。村里人死去了一半，包括阿福的伯伯和姐姐。这个男孩渐渐长大，和他父亲一起在地里干农活。然而庄稼稀少，一家人常常吃了上顿没下顿。不过，当家里有一点食物的时候，他就喜欢在一旁看母亲怎么做饭。

阿福虽然很瘦，但很结实，大家都很喜欢阿福。在集市上，他总是津津有味地听村民们闲谈，但他最喜欢听的是关于一个神奇的国度的故事，在那里人们可以随心所欲地开采金山。

“我的孙子远渡重洋去寻找金山，”一个老人夸口说，“他找到了金山，现在每个月都给我们寄钱。”

“真的吗？”阿福惊讶地问。

那人从口袋里掏出一块闪闪发光的金子，高高举起：“就跟这金块一样实实在在！”

在那一刻，阿福知道了自己命运的走向。

# 第十四章

从我知道阿福这个人起，已经过去好几天了。我迫不及待地想听更多的故事，但奥爸坚持说："好的故事，就像一顿美餐，永远不要操之过急。总有一天，你会知道全部故事。"他一边拉开窗帘，让阳光照进来，一边解释道。

直到第二天，我还在想：美国有那么多地方，阿福为什么偏偏来了拉丝强斯这个小镇？

"这里有很多故事要讲，但我们会在适当的时候讲到。"奥爸提醒我。

"你昨天也是这么说的，前天也是，大前天也是！"

奥爸笑了："这里是拉丝强斯，不是洛杉矶。在这里，我们过得悠闲自在。"

妈妈又带奥爸去看医生了。两人回到家时都已筋疲力尽。医生说奥爸有心脏病，这让奥妈很生气："这太荒唐了，因为在我认识的所有人中，他的心最好！"

我离开家去金宫的时候，奥爸还在打盹。我拍了拍布袋熊的爪子。真不敢相信我之前竟然怕过它。我想我可能只是不习惯看到熊而已。妈妈和霍姆斯校长站在厨房旁边。他今天的 T 恤上写着：书呆子。每当他出现的时候，她总是放下手头的事情去和他说话。我认为他不应该在她工作的时候来打扰她。

黛西把奥爸的晚餐递给我："看看，你有什么想说的？！"

"谢谢你？"

"这是新产品！"黛西指着纸制的外卖包装袋，然后压低嗓门说："塑料袋需要一千年才能分解。"接着她又提高了声调，补充说："我说服你的奥妈买了这些可回收的纸袋子。"

我告诉她："太棒了！"黛西立即容光焕发，那光芒亮得差点儿闪瞎我的眼睛。一句侮辱的话能毁了你的一天，而一句赞美的话则能让人开怀，语言可真是有趣。

我很想留在餐馆，但我得回到奥爸身边。我的工作就是当看护工。虽然家里没人用这个词来挑明，但实际工作就是这么回事。妈妈说她会付我钱让我陪伴奥爸。我没有告诉她我会免费做这件事。这太奇怪了：几个月前，我还在被别的看护者照料；而现在，我却成了看护者，照料一位老人。

"梅子？"

"嘿，奥爸，午睡怎么样？"

“精神抖擞，准备在晚饭前玩扑克牌！”

奥爸过了好一会儿才挣扎着坐起来。我知道，这个时候最好不要插手帮忙。我们一直在玩五张牌的游戏。如果你觉得发到的牌不够好，就可以换几张新的。

“你的五张牌必须一齐发力，”奥爸解释说，“这就像做中国菜一样，有五种主要的味道——酸、甜、苦、辣、咸。五味调和，就能创造出天下无敌的醇香妙味。如果你的牌组合得当，你就会赢得比赛。”

我需要记住的东西太多了，比如皇家同花顺和满堂红——这些都是牌的组合名称。

玩扑克牌有一种奇怪的行话。“弃牌”的意思是不跟着出牌，“虚张声势”是指假装你的牌比手上持有的更好。

奥爸说：“几乎没有人能在第一轮就拿到所有需要的牌。玩扑克牌是一场碰运气的游戏，就像生活一样。”

我把扑克筹码平均分成两份，我俩每人拿到五十。我们用它们来下注，而且把筹码垒叠起来也很好玩。

我的好朋友姜姜总是带着一块解忧石[1]。很多事情都会让她感到紧张，比如蜘蛛、蛋黄酱，还有能否像她妈妈那样进入一所体面的牙科学校。姜姜声称，如果你摩擦解忧石十次，事情就会好起来。我想，即便这种说法是胡编乱造的，但只

---

① 解忧石，也叫忘忧石，西方人用来舒缓精神压力的石头。人们感到烦忧时，可以拿在手中把玩，这样可以放松身心和缓解焦虑。

要对人情绪有帮助，那就是有用的。

我往口袋里塞了几片扑克筹码以求好运。这总不会有什么坏处吧？

“不要表现出你的任何情绪。”奥爸单手持牌，而我用两只手拿着我的牌。“永远不要让对手看到你的牌。要睁大眼睛、竖起耳朵。”奥爸警告说，“嗓门最高的玩家，通常是在掩饰自己手上的差牌。”

我学会了该什么时候扔出牌去换新牌，但我总是忘记需要去赢什么牌。

“等一下！”我告诉奥爸。

当我拿着顾客点单登记簿回来时，奥爸已经睡着了。我回到自己的房间，对着镜子练习做出扑克脸的样子：让你的脸上毫无表情，这样其他玩家就猜不出你的想法和心情。我想知道，有没有人能看出我此刻很想家。

## 第十五章

我们在拉丝强斯已经住了三周，我难得有机会给姜姜打电话。奥爸、奥妈唯一的电话在厨房里，奥爸喜欢加入我和姜姜的聊天。有一回，他喊道：“告诉她我曾经被蜘蛛咬了一口，肿胀起来，好像我腿上长了第二个脑袋！”

姜姜开始跟玛雅和安迪一起出去玩了。他们都是超级好的玩伴，但是如果他们三个成为铁杆好友，姜姜把我忘了可怎么办？

我在火车站读一本从妈妈书架上拿的书。那只懒狗在阴凉处打盹，直到听见口哨声，它才抬起头来。

洛根正在许愿井旁边，一个小孩拿着一根鱼竿和一个水桶走了过来。“嘿，芬恩！”他说。我把脸藏在书后面。我不清楚我们现在关系怎样，尤其是上次见面时我对他有点刻薄。“虫子测试怎么样？”

“很棒！”芬恩举起了他的猎物。有些虫子仍在晃荡。

“谢谢，”洛根说，“过几天我会再多给你一些。”

芬恩朝镇上走去，懒狗跟在他后面，但洛根还在转悠。

“嘿，洛根。”我放下书，终于开了口，“什么虫子测试？”

他点了点头。“不是吹牛，我家开了一家鱼饵店。我们有最好的蚯蚓。我从不收芬恩的钱，因为……只是因为……”

我转变了对洛根的看法。我一直很后悔因为本·富兰克林店里发生的事情而迁怒于他。

“好吧，我现在要走了。”他说。

我问他：“你想一起出去玩一会儿吗？”说出这句邀请时，我有点希望他没听见。

洛根立刻转过身来：“是的，是的，我愿意。谢谢你！”

他开心的样子真让人难为情，但我也情不自禁地笑了。

# 第十六章

我的扑克牌打得越来越好了。

“当你在比赛时，你需要知道你在和谁打交道。”奥爸放下杯子说，“就像生活，扑克牌开始的标志从来不是打出第一张牌，其实在玩家落座之前，游戏就已经开始了。”

我给他杯子里加了水，也给自己倒了一杯。我在洛杉矶的家里有柠檬树，但这里的柠檬水是用柠檬粉冲兑的。奥爸继续说：“你的对手会不自觉地泄露他们手中牌的信息。这被称为‘暗示’，因为通过观察他们行为上的细微变化，就可以看出他们在想什么。

“比如，我问你是否喜欢拉丝强斯这个地方，你犹豫了一下才说：‘太棒了！’这就告诉我，你在考虑该说什么才好。另外，你的声音比平时更大，好像你在试图说服自己相信这一点。”

奥爸像个魔法师一样从袖子里掏出一块手帕，用手帕捂着嘴咳嗽。我递给他一些幸运饼干。

“‘今天很快就会变成明天。’”奥爸念里面的签语，然后把那张小白纸条扔了出去，“饼干很好吃，但签语很愚蠢。”

我点点头，但我正想着其他事。前几天，奥妈评价来金宫用餐的顾客时几乎说了同样的话："顾客在看菜单，而我在看顾客。我能分辨出谁会买便宜的，谁愿意花大钱享用一顿大餐。"

我曾注意过拉丝强斯的镇长惠特洛克，他争辩说半份的炒饭应该半价。他不明白，做半道菜和一整道菜所费的工夫是一样的。

"麦克白夫人"总是点菜单上最贵的菜，也总是留下剩菜。男人们喜欢为谁来买单而争吵，而女人们则更倾向于分摊账单。

通过一个人吃东西的方式，你可以推断出他是什么样的人。奥妈在自己开吃之前，会先等着，观察别人对她的食物的反应。妈妈会调整菜品的摆盘方式，让每样东西看起来都很完美。奥爸把盘子里的食物挪来挪去，他看起来吃得多，但其实并没有。

"奥爸，你能告诉我更多关于阿福的事吗？"

他推开盘子，点了点头："好吧，我们说到哪儿了？啊，我想起来了。阿福刚刚听说有个地方有一座金山……"

# 金　山

1869 年

阿福和他的父母用了好几年才凑够了给他去美国的路费。他已经计划好了，去那里努力工作，赚到钱，然后回中国。

太平洋邮船公司的航线途经香港、上海和旧金山。这条线路输送美国政府的官方邮件，但它也运送中国移民。船上挤满了和阿福有着同样梦想的人，包括他同村的另一个男孩利伟。船上的条件异常艰苦。许多人在途中就死了，他们的遗体被抛入大海。经过五十多个昼夜的航行，阿福乘坐的船停靠在金山——三番市，仅在几年前，这里的人靠开采黄金致富。

“终于到了！”阿福对他的朋友喊道。看到四层高的楼房，看到鹅卵石铺就的街道上拥挤的马车，这两个乡下男孩惊叹不已。他们看到这里的人并没有长犄角或尖牙时，不由笑了，因为村民们曾经警告过他们，白人的面目狰狞可怕。

在 19 世纪 60 年代，阿福刚满十六岁。加利福尼亚的淘金热结束了，但是大多数来挖金矿的中国人留在了这里。即使他们想回家，也负担不起回家的路费。虽然他们做着和别人同样的工作，但工资却比其他人都低。他们在美国没有任何权利，而且因为他们与白人长相不同，常会受到诬蔑和怀疑。

不过，在这里至少还有不少活可干。中央太平洋铁路是第一条横贯北美大陆的西线铁路，铁路修建需要工人，而中国人是出了名的勤快的苦力，他们愿意冒着生命危险去完成工作。

为了铺设铁路，必须清除坚硬的花岗岩山，这项工作往往是致命的。其中一项极其危险的任务是把一个工人绑在绳子上，然后从悬崖边放下来。这个人先用锤子在花岗岩上凿洞，插入一根点燃的炸药，在炸药爆炸前，其他人拼命把他拉回到安全地带。多达两万名中国劳工在铁路上干活。不幸的是，好几百人在高危作业时丧生。

尽管如此，阿福和利伟还是松了口气，因为他们找到了这份修建铁路的工作。这总比挨饿强。

# 第十七章

妈妈和奥妈总是为一些小事而争吵，比如妈妈摆放菜单的方式，或者奥妈囤积的成堆未读过的杂志。但没人提起那段往事：奥爸、奥妈赶去电视广告拍摄现场，但连句话都没有和妈妈说就离开了。

她俩之间的关系黏稠得就像粥——奥爸早餐吃的中式白米粥。他在上面撒上点儿葱花和咸鱼片。我也喜欢。只是，我趁奥妈不注意，加了很多酱油。“酱油就像香水一样，”我曾听到她教导黛西，“应该少用。”

黛西正逐渐成为油炸奶油芝士馄饨专家，我敢肯定我的祖先从来没有吃过这种东西。在轮班结束时，黛西收集食物残渣，放在餐厅后面的堆肥箱里。最近，她说服奥妈接受垃圾回收的做法，并解释说：“94%的美国人都参与了回收工程，而我们的拉丝强斯排在垫底的6%。但是，我们金宫可以自己进行回收利用呀。”

我想她只是把奥妈给唬住了。黛西当时因为太紧张而不停地眨眼睛。这是她后来跟我说的。

奥妈最后说：“好吧。但是得由你负责回收。我没有时间分类。”黛西非常高兴，整个下午她都在唱迪士尼的歌，直到奥妈让她停下来。

尽管黛西一向很胆怯，但她敢于为自己的信念而大声疾呼。我看得出来，奥妈也是这么认为的。我发现她趁黛西不注意的时候，悄悄地往黛西的小费罐里塞钱。

## 第十八章

洛根刚离开金宫。我们已经出去玩了四回了。他喜欢待在金宫的厨房里，说："那里是奇迹发生的地方！"奥妈表面上嫌他碍事，但只要他在这儿，奥妈就会做很多奶油芝士馄饨。她说："你最好把它们都吃光，不然就浪费了。"

维尔纳正坐在他餐馆外面一把绿色的塑料椅子上。洛根告诉我，维尔纳和奥爸曾经是最好的朋友，直到后来发生了不愉快的事情。奥爸说我们不能谈论维尔纳，尽管他承认维尔纳的食物很棒。也许如果我从维尔纳香肠店带点东西回来，奥爸就会胃口大开了。

我试图利用扑克技巧，装出很酷的样子。如果奥爸知道我在做什么，我就有大麻烦了。

"你愿意做笔交易吗？"我的声音有些颤抖，维尔纳会觉察到吗？

"你是约翰尼和莉迪亚的外孙女，对吗？"

我点点头。我突然认出了他，我第一次去本·富兰克林店时，他就坐在苏打汽水冷饮机旁，穿着橙色毛衣。“我是陈梅子。”

“什么交易？”我跟着他走进餐馆时，他问。

“用这个交换你们店里最好的两份热狗。”我举起原本是给我和奥爸的午餐。然后，我又下起了赌注。在玩扑克牌时，这意味着增加下注。“不仅有嗞嗞作响的姜汁牛肉，还有蜜汁叉烧。”谁能抗拒这样的美味呢？

大蒜和烧烤的香味弥漫了整个房间。我把袋子推过柜台，就像它是一堆扑克筹码一样。我“全下”了——那是赌上一切的时候。现在轮到维尔纳了。他可以“跟进”，意思是他会给出同等数额的筹码；或者“弃牌”，意思是放弃。但当金宫的美味烧烤摆在餐桌上时，谁会放弃呢？

维尔纳看起来很好奇。“这小香肠是给谁的？”

“给我……和一个朋友。”

严格来说，这是真的。

维尔纳盯着我的袋子，好像在估量赌注。“那么，好吧。”尽管我是店里唯一的顾客，他还是压低了声音，“没人会知道。”

香肠在烤架上嗞嗞作响。他漫不经心地问：“你外公还好吗？”

“他病了。”我说。

维尔纳背对着我。他的肩膀绷紧了。当他转身时，他张嘴想说话，接着又迅速闭上，好像改变了主意。

“你有什么想说的吗？”

维尔纳点点头：“是的，很好。声明一下，这是小香肠，不是热狗。”

我一进家门，奥爸就开始嗅来嗅去。电视里的卡洛斯在密歇根的弗兰肯默斯市，吃着黄油面和炸鸡。“这是什么味道？”

从奥爸身体前倾的样子，我看出他已经猜到了。

“小香肠。你想要一个吗？我有四个。”我只要了两个，但维尔纳在袋子里装了四个。

奥爸看起来有点左右为难。“你没告诉维尔纳，这些是给我的吧？”

我摇了摇头。

奥爸急切地打开袋子，递给我一个。“三——二——一——”我们同时咬了一口。

面包卷是自制的，表皮尝起来像椒盐脆饼，但内里很松软。这个小香肠是用烤洋葱、青椒和辣芥末调味的。我们吃得乐不可支。

奥爸闭着眼睛咀嚼美味：“呵呵，没人会知道我竟然吃这个。”

我们很快就把小香肠吃个精光。我从没见过奥爸吃那么多食物！

“我曾经教维尔纳怎么说英语。”奥爸吹嘘道。

“真的吗？”

“他家在我们上小学的时候移民到这里。他们只懂德语。尽管维尔纳和我语言不通，但我们成了朋友。在很长一段时间里，我是唯一能理解他的人。”

有时候我和姜姜也是这样。

“他没有外国口音。”我指出。

“那是因为我教得好！”奥爸露出自得的神气。“每天，我都帮他补习英语。他还教了我德语。我们就这样成了最好的朋友。”

“维尔纳是你最好的朋友吗？”我以为他俩根本不说话。

电视里的卡洛斯吃了一口辛辣的卡津什锦饭[①]，接着喊道：“醇香妙味！”但奥爸没有跟着欢呼，相反，他的脸色沉了下来。“他曾经是我最好的朋友。”他纠正自己刚才的说法。奥爸瞥了一眼已经空了的香肠包装纸，又瞧瞧我。“我不想谈他。再说了，你难道不想听听阿福接下来的遭遇吗？”

① 卡津什锦饭是起源于路易斯安那州的一种特殊的什锦焖饭，用海鲜、火腿或鸡肉烹煮而成，并佐以香料调味。

# 营地生活

1870 年

和其他许多人一样，阿福给家人捎去了一些令人高兴的消息，同时还带去了他能省下的那一点钱，但他不好意思告诉家人自己在美国的真实情况。

华人没有得到应有的善待。他们干着最危险的工作，却拿着最低的薪水，甚至不被允许和白人住在一起。后来，阿福成了华人劳工营地的厨师。他喜欢烹制以前看母亲做过的菜肴。除了每顿都有米饭，他还能奇迹般地把鱼、鸡肉、水果和蔬菜都做出醇香妙味。“吃起来有家的味道。”劳工们赞叹道。

晚上，阿福和利伟彻夜长谈。这里的星星看起来和中国的一样。虽然这两个男孩常常想家，但至少他俩还能彼此陪伴。

一天早上，阿福正在准备早餐，铁路工头骑马来到营地。他一言不发，指着利伟。

阿福浑身一阵寒意。“你不能去！”工头走后，他哀求他最好的朋友。

“别担心，”利伟向他保证，“我会没事的。”

之后，一声巨响惊天动地。阿福跪倒在地。不需要别人来告知，他已经知道悲剧发生了——利伟不会回来了。

阿福一直在工地厨房干活，但他知道他必须摆脱修建铁路的苦役。几个月后，有传言说旧金山的菲利普斯宅邸在招聘助理厨师。大家都听说过菲利普斯先生，他是极少数善待华人的白人之一。据说，他雇用的家庭员工中也有华人。阿福决心去应聘这份工作。

# 第十九章

有时在深夜，当奥爸睡着了，我会偷偷溜到外面去。这里没有妈妈和奥妈的争吵声，只有蟋蟀的鸣唱声。这里的星星比洛杉矶的要明亮。我总是先找北斗七星。那个少年阿福曾经也看到过吗?

奥爸说，移民到美国的华工帮助修建了两千英里的铁路。这是从洛杉矶到拉丝强斯的距离。我妈妈知道这一切吗?她从来没提起过。我已经知道阿福当初为什么想来美国了。我也想知道我的家人是怎么会来明尼苏达定居的。我能想到上百个我想去的地方——比如我现在的家。

在加州我的房间里，透过棕榈树，我可以看到山上的好莱坞标志“Hollywood”。移动这些字母，就可以拼出“old whooly”、“howl dooly”和“hod woolly”这些好玩的词。在洛杉矶，总有事情可做。

我越来越多地和洛根在一起消磨时光。他说，明尼苏达州有一万一千八百四十二个湖泊，包括超大湖和拉丝强斯本地的大小湖。人们钓鱼、野餐、晒日光浴，所做的就像在我加州家乡的海滩上一样。有时我们去湖边，但我讨厌蚊子。我们大部分时间都在镇上和火车站闲逛。

不过，至少在我和奥爸一起看卡洛斯美食节目的时候，我们可以去很多令人兴奋的地方。妈妈对奥爸的健康状况很关注、很谨慎，但很乐观。奥妈仍然坚持认为奥爸一切都很好。她拒绝谈论某些话题，比如奥爸的病情，还有她和我妈妈之间剑拔弩张的关系。妈妈也对此闭口不提。实际上，她俩在性情上远比她们自己认为的要更相像。

今天卡洛斯在艾奥瓦州的艾奥瓦瀑布，挥舞着培根裹着的烤玉米棒。目前是培根周。昨天他在新泽西州的蒙特克莱尔吃了一个熏肉甜甜圈。

“任何东西只要有培根，就会更好吃！”奥爸同意卡洛斯的看法。“梅子，维尔纳做过一道属于‘醇香妙味’级别的培根香肠。”他斜眼看了我一眼，“但我不稀罕。”

我知道我们今天午餐要吃什么了！

维尔纳煎着培根，问我奥爸的事。奥爸也一直问我关于维尔纳的事。我的工作不只是运送食物，还要给这两位昔日挚友传送关于彼此生活的消息。

“金宫的生意怎么样？”

“很好，”我撒谎说，“很忙。你这里的生意怎么样？”

“很好，”他说，“很忙。”

我环顾四周——没有顾客。“你们怎么只在午餐时间营业？”

“我们以前也做晚餐生意，但是当我妻子四年前去世的时候——”维尔纳的眼里盈满了泪水。我赶紧移开视线，给他一些私人空间。“是洋葱惹的。”他喃喃地说，“在德洛丽丝去世之后，我一个人经营午餐和晚餐就忙不过来了。”

我想到了奥妈。

“我们有一个女儿。她在波士顿做律师。”他指着墙上的一个相框说，“凯特琳不想在小镇上以烧烤小香肠为生。我不怪她。”

我想起了妈妈。

“经营餐馆太累人了。”他擦了擦额头。维尔纳香肠店没有空调。“如果凯特琳想接手，我会让她接手的。但我和她妈妈在这里努力工作，就是为了让她能去做自己喜欢的工作。”

奥妈生妈妈的气，会不会是因为妈妈不想接管金宫？还是另有隐情？

卡洛斯是对的。任何东西加上培根后都更好吃！我们吃完熏肉后，奥爸掰开了一块幸运饼干。他把幸运签语纸条递给我。

“太阳从西边落下。”

奥爸哼了一声：“鸭子写的都比这好。”

突然，我想到了一个主意！我抓起一把幸运饼干溜走了。

“梅子，你去哪儿？”

“嘎嘎，嘎嘎。”我朝楼下叫着。

## 第二十章

今天清晨在餐馆时，我从墙上取下了几张旧照片，想要看得更仔细些。其中一张照片差点儿被我弄破了。

现在，我待在妈妈的房间里打字，脑子里满是过去的回忆，也夹杂着最近发生的事。这台打字机上没有删除键。于是，我放弃了打字，干脆拿起笔手写。把旧的幸运签语纸条取出来很容易，但是要装一张新纸条进去很困难。起初，我一不小心就弄碎了三块幸运饼干，直到第四块时，我才终于想方设法把幸运签语纸条塞了进去。

当我回到客厅时，奥爸还在跟电视机里的卡洛斯说话。“是的，培根真是国宝级的好东西！”

我把幸运饼干递给奥爸。他很好奇地接过去，等看到纸条时，立即笑得上气不接下气，我担心他会笑岔气出问题。

他的幸运签语是：你应该给你的外孙女讲一个关于阿福的故事。

## 菲利普斯宅邸

1870 年

阿福以前从未见过宫殿，但他确信自己正站在一座宫殿前。菲利普斯宅邸坐落在一座小山上，俯瞰着旧金山湾波光粼粼的海水。房子共有三层，彩色玻璃窗像珠宝一样闪闪发光，一条大理石楼梯通向一个富丽堂皇的入口。

来应门的人低头看了看阿福破旧的衣服和脑后的辫子。“我们不救济乞丐。”

“求您了，菲利普斯先生。”阿福低下了头，“我是来这里应聘助理厨师的。”

一个声音从楼里传来：“詹金斯，是有人来应聘吗？”

应门人的嘲笑声戛然而止。

厨房比阿福老家的小屋还要大十倍。黑色铸铁炉子散发出烤肉的香味，还有刚出炉的烤面包香气。货架上堆满了食物，地板上放满了新鲜水果和蔬菜。詹金斯举起手——他戴着白手套。“你在这儿等着。不准偷东西。”

阿福吓得一动都不敢动。他一直待在那里，直到一位优雅的女士提着一篮玫瑰花走了进来。他迅速闪开让她过去，当她对他微笑时，他受宠若惊。一个系着白色长围裙的女仆跑过来取花。等那位优雅的女士走后，女仆朝她的方向点点头，对阿福说："那是菲利普斯太太，宅邸的女主人。"

厨师是伯尼太太。她问阿福关于做饭的事情，听他讲他母亲和厨房的故事，以及他为铁路工人做的饭菜，她的脸上始终洋溢着欢快的笑容，这让阿福倍感亲切。她不像大多数白人那样嘲笑他的中国口音，也不会在他找不到恰当的词语时嘲笑他。

仆人们——有白人，也有华人——在厨房进进出出，偷偷地打量阿福。"我会努力工作，争取在各项厨房事务上都能帮上忙。"阿福保证道。

"那你什么时候可以来工作呢？"伯尼太太问道。

# 第二十一章

上次讲完故事后，奥爸告诉我："阿福喜欢在厨房工作。得到那份工作让他倍感自豪。"这几天我常想到这个故事。

奥妈一定很喜欢金宫，因为她总是待在那儿。对我来说，在餐馆帮忙充满乐趣，尤其是和黛西聊天；但对我妈妈而言，却备感压力。

"你还在用这个木匣子吗？"妈妈问奥妈。当她摇晃它的时候，你可以听到硬币夹杂在钞票中发出的咔嗒声。

"这没什么不好的。"奥妈的回答听起来很抵触。

"你该买台收银机了。"妈妈对她说。

"几十年来，我们没有收银机也照样过。"奥妈板着脸说。

"一位顾客告诉我，我流利的英语让他很惊讶。"我告诉姜姜。妈妈有时让我借用她的手机打电话。"我觉得他们是在夸我，但这有点侮辱人。"

"这种事情经常发生在我身上，"姜姜说，"只是有时候人们太刻薄了。"

“真的吗？比如说？”

“时常会有陌生人叫我或我哥哥‘肮脏的墨西哥人’，或开玩笑说要把我们驱逐出境。”

我不知道人们竟然会说那样可怕的话。学校里不会有人说这种话，但那是因为学校里的人都认识姜姜。

姜姜和我一样，出生在洛杉矶。姜姜是第三代美国人。她的叔叔是海军陆战队的一名军官，她的阿姨是加利福尼亚州的众议员。但就算姜姜上周才移民过来，人们也不应该那样对待她。

我约了洛根在本·富兰克林店外见面。我们打算去买半价的热巧克力圣代。他朝我跑来，挥着手，但没有停下脚步。两个男孩在追赶洛根。如果这两人被拆开，只不过是小卒；但如果他们联手，就成了有恃无恐的霸王。

那几个刻薄女孩正走出本·富兰克林店。男孩们跑过去时，她们闪到了一边。莱莉——那个漂亮女孩，没和她们在一起。卡罗琳看到我就不怀好意地笑。我哪里碍着她了？

我想起了那些取笑姜姜的霸凌者，还有现在站在我面前的这些人。那两个男孩中间的一个揪住了洛根的衬衫。我的心跳骤然加剧——他们能看出我的紧张吗？我想我应该做点什么，但我不知道该做什么——直到我想起奥爸对我说过的话：“不要表露任何情绪。永远不要让他们看到你的牌。”

“住手！”我大声喊道。

他们立刻松开了洛根。

我从不知道我竟然有这样的威慑力。

“不许再这么做。”一个男人的声音响起，“如果在上学期间发生这种事，你们俩就都会被停学。如果你们犯了错，我就会联系你们的父母。”霍姆斯校长站在我身后。他扶着洛根站了起来，脸色柔和地问：“你还好吗？”

“没事！”洛根努力摆脱尴尬，“不要紧，对吧，伙计们？”

坏蛋们撤退，拐过弯走了，我能听到他们的笑声。

“再会！”洛根在他们身后喊道。

洛根竟然对那些想伤害他的人这么客气，这让我无法忍受。

霍姆斯校长饶有兴趣地看着我。我有麻烦了吗？“梅子，”他说，“你为朋友挺身而出，这令人钦佩。你妈妈也是这样的人。”

## 第二十二章

星期一是一周中在金宫饭店过得最慢的一天。在周一，奥妈会教黛西新食谱。今天是左宗棠鸡。“这道菜在美国比在中国更受欢迎，在中国，反倒很少有人知道这道菜。”奥妈告诉她。

“它让我想起了麦乐鸡。”黛西一边往海鲜酱里加红辣椒和大蒜，一边若有所思地说。

奥妈夸奖她：“你能注意到这些，真聪明。”黛西的腰杆挺得更直了。

奥妈在往玉米淀粉里加盐和胡椒粉。“有人说，当麦当劳无法从最初发明这道菜的厨师那里买到食谱时，他们就创造了自己的食谱，并称之为麦乐鸡。”

哇！“是真的吗，奥妈？”

她没有回答，而是扬起眉毛。看来奥妈扑克牌会玩得很好。

如果你愿意走十八英里，你就可以到达邻镇的一家麦当劳。妈妈说她和霍姆斯校长在上高中时经常偷偷溜出去买巨无霸汉堡包。

“从小到大，我就是想吃比萨和汉堡包，”妈妈曾告诉我，“镇上没有一个孩子跟我长得像——这已经够糟糕的了，而且也没有一个孩子像我们家这样，一日三餐都吃中餐。对我来说，吃麦当劳是一种享受。”

“这就是你从来不做中餐的原因吗？”

“我这辈子吃的中餐已经够多的了。”我相信她说得没错。

洛根说，所有耍酷的孩子都去麦当劳。但是奥妈说，如果我想去那儿，她就和我断绝关系。好在她不会读心术。

惠特洛克镇长在分发《明尼苏达众知》杂志给餐厅里的顾客。“麦克白夫人”没有谢他，只是说：“我记得以前是周刊。”

“我为杂志撰稿。”惠特洛克镇长告诉他邻桌的一位女士。

“我每个月都读你的文章！”她大声说。

惠特洛克镇长表现出不以为意的样子，但我看得出他内心得意扬扬。“惠特洛克事务所也是我开的。”他补充道。

然而，他并没有说这个事务所只有他一个人。洛根告诉我，他其实没有什么合伙人，而惠特洛克镇长公关公司的主要客户就是这个小镇的居民。

11 号桌很是喧哗。有个吵吵闹闹的家庭总爱来参加周一儿童免单的促销活动，他们一家占据一张大桌子，爸爸从不给小费，所以妈妈总是偷偷地回来在桌上放几美元。“你可以从一个人给多少小费，看出他的很多情况。”奥妈告诉我。

霍姆斯校长也来了。他的 T 恤上画了一只在看书的恐龙。他是来吃饭的，还是来看我妈妈的？妈妈在工作间歇通常会和他聊很久，但她现在在家陪奥爸。她从不会为了陪我一起外出游逛而离开餐馆。

“你每顿饭都在金宫吃吗？”我问霍姆斯校长。

“我在镇上的时候，差不多都会来吃。不过维尔纳的小香肠也很好吃。你去过那里吗？”

“去过，”我答道，“你在镇上的时候，是什么意思？”

“我住在明尼阿波利斯，离这里有几个小时的路程。”他给自己加了茶，“我在拉丝强斯有一间公寓，开学后才住。”

“但现在是夏天，学校放假了。”

霍姆斯校长摇晃着茶杯，让茶水凉得快些。“我每周仍有三四天在这里做些事情，比如申请款项为学校图书馆添置新电脑和更多书籍……”

电脑？图书馆？书籍？

他自嘲道：“这听起来很无聊吧？”

“我可以用一下学校的电脑，或者借些书吗？”我提醒他，“小镇图书馆被水淹了。”

霍姆斯校长摸了摸下巴，然后说：“严格来讲，拉丝强斯的学生在放假期间是不允许进入校园的。”

“严格来讲，我不是拉丝强斯的学生。”我指出这个事实。

霍姆斯校长笑了，那笑容就像那张毕业舞会照片里的那样。

“如果你妈妈同意，我就同意。”

他为一顿九美元的饭留下六美元的小费。也许他也没那么坏，尽管我不确定他和我妈妈之间到底发生过什么事。

# 第二十三章

几天后，有人来敲门。“谁啊？”奥爸在客厅里喊道。

门外沉寂了很长时间，然后才响起一个声音：“是我。”

奥爸的脸沉了下来。“把门锁上，梅子！”

但我让维尔纳进来了。他看起来很不自在。

“他为什么来这里？”奥爸咕哝道。

我只是耸耸肩。我没告诉他，是我邀请了维尔纳。

维尔纳和奥爸背对背地交叉双臂。

奥爸说妈妈和奥妈都很固执。那维尔纳和他就不固执了吗？

既然两人都不说话，电视节目就充当了谈话角色。幸运的是，卡洛斯够三个人说的了。现在，他正在加州鹰岩的亚美尼亚小餐馆品尝美食，这家店名为烤肉王，实则只有三张桌子。卡洛斯用皮塔饼蘸上鹰嘴豆泥和大蒜酱。

我和奥爸喜欢跟着卡洛斯一起大喊：“醇香妙味！”洛根已经看到过我们的做法，有一次他在自己家里也这么大喊大叫，结果邻居过来叫门，看他是不是安好。

此刻，唯一说话的人是卡洛斯。我瞧瞧奥爸，再瞅瞅维尔纳，目光在他俩之间来回游移。他们都双唇紧闭。成年人互相生气的时候真是很奇怪，沉默成了他们的武器。

已经很晚了。金宫打烊了，维尔纳早就走了。奥爸在浏览电视频道。我坐在地板上，在他轮椅的钉子上编织丝带。伊娃给了我一大束丝带。妈妈说色彩可以影响人对食物的感觉，美丽的色彩会带来好心情。也许这些彩色丝带会让奥爸高兴起来。

奥爸的遥控器停在一个食品广告上："看！假牛奶！"

看到妈妈点头时，他咧嘴一笑，就像一个在课堂上回答问题正确的孩子。

奥妈马上评点："看！他的眼光像钉子一样锐利。他的身体没有毛病。他一眼就能看出真假来。"

奥爸开玩笑说："老太婆，接受事实吧。我走的时候你会很伤心的！"

"老头子，别说那种话！"她立即反驳道，"不管什么时候，你哪儿也不能去！我不允许。"

他们总是那样争吵。这就是爱情吗？

星期六，妈妈和霍姆斯校长一起去了圣保罗大学。他们去取一台二手收银机，直到快吃晚饭的时候才回来。当我问妈妈为什么会被晒伤时，她说他们租了一条皮划艇，在密西西比河上划船。他们为什么不邀请我？

从烘干机里拿出来的衣服很暖和，闻起来有花香。妈妈曾经和一个男人约会，那个男人总是给她送玫瑰花，这让她很感动，直到有一天她发现那是他从邻居院子里偷采的花。

“你恋爱过吗？”我问。

妈妈犹豫了一下，说：“我曾经恋爱过，但总是谈不长久。”

她坐在床上，示意我坐到她身边，然后把一张床单抛向空中，让它落在我们身上，做了一个帐篷。我们很久没这么玩了。

“你有没有想过结婚？”虽然我不希望她这么做。我喜欢只有我们两个人，尽管有个妹妹也挺酷的。

“不结婚就不用离婚。”妈妈笑了，试图把这个当成玩笑来讲，“只有你的奥爸、奥妈希望我结婚。他们是那种守旧的人。但我下定决心要生个孩子，不管是否结婚。”

“我爸爸是谁？”

虽然这个故事我已经烂熟于心，但还是想听妈妈再讲一遍。

“根据医院精子库的数据，我知道他是华人，体格健壮，法学院毕业。等你年满十八岁时，如果你很好奇，就可以找到更多关于他的信息。但在此期间，你只能和我黏在一起了。”

我拥抱妈妈。我喜欢和她在一起，不想让别人来分享她。

“这就是我们以前从不来拉丝强斯的原因吗？是因为奥妈和奥爸生你的气，因为你没结婚就生了我？”

“梅子，亲爱的，他们从没生你的气。他们爱你，他们只是对我有意见。我一直在让他们失望。”

最近我和奥爸、奥妈待在一起，我才知道他们有多爱我。奥爸给我讲阿福的故事，教我玩扑克牌。奥妈总是把好吃的东西塞给我。“他们也爱你。”我想告诉妈妈，但她可能只顾着和奥妈吵架而发现不了这点。

当我从帐篷底下钻出头来时，我看见一个身影从门口匆匆掠过。

## 第二十四章

妈妈是唯一一个使用收银机的人。已经一个多星期了，奥妈仍然拒绝靠近它，就像它是一双臭球鞋一样。看来我要为她们做更多特别的幸运饼干，就像我给奥爸做的那样。

现在我已经做得熟练多了，所以饼干不会碎裂。我把它们放在湿纸巾下，在微波炉里烤几秒钟。当饼干变软时，我就可以把饼干展开，取出里面的纸条，再放进新的纸条。紧接着，在饼干变硬之前，我迅速把它们合拢，再包装好。这么做还算简单，难的是要打出纸条上的幸运签语。

我刚要开始打字，突然听到有人大声呼喊。

奥爸怎么啦？！

他站在离电视机几英寸远的地方。电视新闻正在报道针对难民和移民的抗议活动。一位政治家宣称，移民应该“回家”，因为美国人太多了。我和妈妈从加利福尼亚一路开车过来，我并没有觉得这里有多拥挤。

这一幕使我想起了姜姜遭遇过的谩骂和侮辱。我把奥爸扶回到他的轮椅上。虽然他的身体没有那么重，但我能感觉到他的愤怒有多重。

“你可能会认为现在情况已经改变了，”他边说边坐进轮椅，“但是任重道远哪！”

我记得阿福那时候是怎么被对待的。在新闻中，一个记者说：“在美国，高达 75% 的农场工人都是纳税的移民……”

“很多时候，人们不会考虑他们行为的后果，”奥爸疲惫地说，“他们通过贬低别人来增强自己的优越感。”

那些刻薄女孩嘲笑我，是因为她们有优越感。知道我很难过，难道就会让她们感觉更好吗？

“你能再给我讲一个阿福的故事吗？”我关掉了电视。

奥爸慢慢地点点头：“是的，有些事情你应该知道。”

## “中国佬”

1875 年

在宅邸里工作似乎是一件奢侈的事情。阿福有自己的房间，周二还可以休息。在接下来的五年里，他一直和厨师伯尼太太一起工作。起初，他负责洗菜和备菜。后来，他负责做汤、沙拉和简单的菜肴。最后，伯尼太太放手让他做整道菜肴了。

“当我退休的时候，他们不用费劲就能找到替代我的人了。”她说。阿福不明白她的意思。“就是你啊。”她指着他说，“应该由你来接管厨房！”

阿福的心一下子飞了起来，但马上又被詹金斯的话给击落了。詹金斯嘟囔道：“他只是一个中国佬。”

最终，阿福果然成了主厨。他赚了足够的钱寄回中国，自己也存了一些。菲利普斯太太对他做的饭菜赞赏有加，无论是简单的两人份的蒜香烤鸡，还是二十四人份的七道菜大餐。

阿福的守时让菲利普斯先生颇有好感。每顿饭前，他都会检查一下自己的金怀表，然后说：“又很准时！”

阿福在菲利普斯宅邸里感到很安全，但在外面的遭遇却很不一样。

一群群白人闹事者在街上游荡。阿福知道他是他们的目标。他们把剪掉并收集中国男人的长辫子当作趣事，而且没有人会因这种行为而被捕，因为警察认为中国人不值得保护。

尽管阿福现在有了一个帮手，但他还是喜欢亲自去挑选新鲜的农产品、肉、鱼和家禽。他和唐人街所有的卖家都是朋友，他的大部分食物都是从那里购买的，他们把最好的东西留给他。阿福像以前在中国那样，在肩膀上搭一根长杆，两头各挂上一个水桶来搬运东西。

一个雾蒙蒙的早晨，他挑的水桶里装满了蔬菜、烘焙食品和海鲜。阿福听到一声呵斥："你，中国佬，站住！"

他瞬间僵住了。

"你肩上挑的是什么？"

这是一个警察，他狡诈的名声比罪犯更可怕。

"杂货，先生。是为菲利普斯先生家采购的。"

"你这是在犯法！"警察对那些聚拢过来的白人咧嘴一笑，他们像恶狼一样围着猎物。

阿福紧张起来。他知道接下来会发生什么。有人把他的篮子打翻在地。暴民们开始殴打他。警察不但没有阻止他们，反而显得很不耐烦的样子。

他背诵道："人行道管理条例禁止中国人挑担运送洗的衣物或杂货。"

“我……只是在努力……干好……我的活儿。”阿福在一浪浪殴打中结结巴巴地说。

在人群的嘲弄声中，警察喊道：“你的辫子也是违法的！”

“不要，求求你们！”阿福恳求道。可他的辫子还是被割掉了。

阿福跌跌撞撞地走回家，浑身是血，伤痕累累。阿福的帮厨看到他这副样子吓坏了。他不顾阿福的反对，把这件事告诉了管家詹金斯，管家又报告给了菲利普斯太太。

“从现在起，我们会安排詹金斯去采购你需要的任何东西。”她坚持说。

“我会照顾他的。”管家保证说。

当阿福和詹金斯单独在一起时，詹金斯脸上的笑容消失了：“我才不会为你工作，我不听命于做苦力的。”

# 第二十五章

昨天我问奥爸关于詹金斯的事。“我不喜欢他，”我说，“他真虚伪，在菲利普斯夫妇面前掩饰得那么好。”

“他们这些人很危险。”奥爸躺在沙发上对我说。

奥爸白天经常打盹，晚上就失眠了。这意味着奥妈也没有睡好觉，因为她一直陪着他，但奥妈从不抱怨。

维尔纳又来拜访奥爸了。他们就像牙医候诊室里的两个陌生人。不过，现在是我去学校图书馆的好时机，因为霍姆斯校长来了。在路上，我看到莱莉——那群刻薄女孩中的一个漂亮女孩，正朝我走来。我试着摆出一副“我很酷，你伤害不了我”的表情，以防她取笑我。

一只蚊子在我耳边嗡嗡作响，我朝自己脸上打了一巴掌。莱莉看起来很吃惊。“打了一只蚊子。”我说。

她咬着嘴唇。那唇色是天生的，还是她抹的口红的颜色？我用的是润唇膏。我喜欢蜡一般的味道。

莱莉突然问道：“我有什么地方冒犯你了吗？每次见面，你都瞪着我。”

我有这样吗？

我不由自主地问她：“你是在取笑我吗？”

当莱莉摇头时，她金色的长鬈发弹跳起来，就像洗发水广告里的慢动作。“我从不取笑别人。”

“但你的朋友们是这么做的。”我指出。

“虽然我知道这么说可能不会让你感觉好受些，”她听上去好像很尴尬，“但实际上，她们对每个人都很刻薄。”

“为什么？”我发现自己不再讨厌她了，并为此而恼火。

“我想这会让她们更有优越感吧？”

对什么有优越感？“也许你可以叫她们不要再那么做。”我提出了建议。

莱莉犹豫了一下：“她们可能会生我的气。”

这女孩知道自己有多么漂亮迷人吗？我很好奇身为金发美女会是什么感觉，即便只是金发，或者只是漂亮。

“她们还是会约你一起出去玩的。”我说，“如果她们不喜欢，你可以和我一起玩。”

莱莉没有立即回应，我觉得自己蠢透了。她凭什么想和我一起玩？

“谢谢你，梅子。”莱莉在离开前又补充说，“你知道，你自己也可以阻止她们那样做。”

图书馆的灯闪烁着，发出嗡嗡声。在霍姆斯校长启动电脑时，我在一排排书架前浏览。

“我能借这本书吗？”我拿起凯拉·马贡的《斯提克斯·马龙的季节》。姜姜说那是本好书。

霍姆斯校长点点头，当他看到我在研究他的衬衫时，他笑了。他今天的衣服上写着：铍、镍和铈。

“这是什么意思？”我问道。

他开始解释：“它们的化学符号是Be、Ni和Ce……”

“友好待人[1]！”我惊呼道，而后也笑了起来。

“梅子，你可以借阅你想读的任何书。书在这里，就是为了被人阅读的。你读完后再把它们还回来。”霍姆斯校长离开时说。

墙上有一张玛雅·安杰洛的海报，我手里拿着的那本书的封面上有几个黑人男孩。除了我的家人，他们是我在拉丝强斯这个小镇上见到的仅有的有色人种。

## 第二十六章

我和维尔纳每隔一天交换午餐时，我会向他报告奥爸的情况。在我不去维尔纳的香肠店的日子里，他会来看奥爸。

① 化学符号Be、Ni和Ce组合起来是英文词组“Be Nice”，翻译成中文，意思是“友好待人”。

“我知道你一定会认为我们是无聊的老家伙，”他对我说，“想当年，我们可是喷火式战斗机，总是惹上麻烦。”

这听起来很有趣。“比如说？”

维尔纳请我坐在厨房的凳子上。他把洋葱扔到烤架上，然后咯咯地笑起来：“有一年，你奥爸的爷爷——”

“阿福？！”

“是的，阿福！有人送了他一盒中国鞭炮。那是能噼啪作响的东西。我们当时还是小男孩，比你还小。我们拿了一些。因为我们没有火柴，所以你奥爸想出了一个‘聪明’的主意，用金宫炉灶上的火来点燃它们。我们真这么做了——就在晚餐时间，餐厅里坐满了顾客！

“当鞭炮炸时，所有人都尖叫着躲到桌子下面。”

维尔纳笑出了眼泪。

“我和你奥爸小时候惹了很多麻烦，”他擦去眼泪，“但这就是我们的友谊。”

当我把那袋香肠卷递给奥爸时，他颤颤巍巍地接了过去。我想提那个鞭炮的故事，但他还是拒绝谈论维尔纳。姜姜去年得到她的拉布拉多小狗佐米后，我们看着佐米一天比一天强壮。但在这里情况相反，奥爸的动作越来越缓慢，而且很容易疲倦。

我们在吃午饭时，卡洛斯在电视里说："让我们来谈谈我们的'正宗美国'菜肴到底是从哪里来的吧！你知道苹果派是英国人、瑞典人和荷兰人带过来的吗？土豆沙拉来自德国，烤豆子是美洲原住民的菜，而冰淇淋是中国唐朝的馈赠！"

"冰淇淋来自中国！"奥爸自豪地说。

看他有了好心情，我趁热打铁："再讲一个阿福的故事，好吗？"

"让我们从上次结束的地方开始……"奥爸说。

## 控　告

1875 年

菲利普斯夫妇虽然很富裕，但从来不趾高气扬。菲利普斯太太慷慨地为孤儿院、公共图书馆和中国城妇女促进会投入了大量时间和金钱，并从那里雇了几个家仆。

在中国，只有精英阶层才能接受教育。厨师伯尼太太除了教阿福如何打理厨房，还教会了他一些更有价值的东西。她教会阿福读书写字。有一个家仆没有把菲利普斯先生的旧报纸扔掉，而是留存下来给了阿福。

对阿福来说，这就和金子一样珍贵。许多年来，报纸是世界的窗口，传播着或好或坏的消息。一位名叫苏珊·B.安东尼的妇女在总统选举中投票并被捕，因为当时不允许妇女参与投票。一种叫作电话的东西被发明了。洛杉矶发生了一场大屠杀，将近二十名华人被私刑处死。

这一时期，宅邸里的一些小东西开始不翼而飞，比如菲利普斯太太的钻石耳环和菲利普斯先生心爱的金怀表。一天，菲利普斯一家去洛杉矶看望亲戚时，四个警察闯进了厨房。

“就是他，就在那儿！”警察局长喊道。

阿福被包围了，他惊恐万分。他认出了以前找过他麻烦的那个警察。“我做错了什么？”他问。

警察摊开手掌，露出珠宝和一块金怀表。“我们在你的房间里找到了这些。你知道中国佬偷东西会有什么下场吗？”

阿福什么也没偷，但他知道辩白也无济于事。在被捕之前，阿福跑回了自己的房间。他藏在床背后的钱还在。然后，他从侧门溜了出去。他必须离开，越快越好。在码头上，阿福设法登上了一艘船，载着他渡过了海湾。他上一次乘船，是从中国来到美国。当阿福终于抵达火车站时，他把现金推过柜台，问：“这些钱够我去多远的地方？”

售票员饶有兴趣地抬起头来。这是一个有钱的华人吗？“你想走多远就走多远。”他说。

尽管阿福在铁路工地上干过，但他以前从未坐过火车。火车慢慢启动，而后加快了速度。阿福没有像其他乘客那样欣赏窗外的风景，而是闭上了眼睛。他一想到在为美国人修建铁路时丧生的好友利伟，就无比心痛。此刻，他也很茫然，不知道自己该去哪里，也不知道自己要做什么。他只知道，如果不逃走，他就会没命的。

# 第二十七章

从上次讲故事到现在，又过了五天。我知道奥爸喜欢慢慢讲阿福的故事，但我迫不及待地想知道下文。“你打算告诉我阿福到底发生了什么事吗？我一直在为他担心，连觉都睡不好！”

奥爸脸上带着淘气的表情：“梅子，你必须耐心等待。就像玩扑克牌一样，最终所有的牌都会揭晓的。”

但耐心等待不是我的强项。

奥爸的银发在阳光下闪闪发光。医生允许他每天出去几个小时，只要不太累就行。对奥爸来说，唯一值得去的地方就是金宫。

“这是你最快的速度了吗？”当我推着他的轮椅沿着主街走去时，奥爸喊道。今天他精力充沛。

他轮子上的彩色丝带旋转着，看起来就像他骑在大风车上。每个看到我们的人都微笑着，叫着奥爸的名字，和我们打招呼。那只懒狗摇着尾巴跟在我们后面小跑着。一些人鼓掌喝彩。

“我一直想要来一场游行。”奥爸笑着挥手回应。

“你好，布袋！”奥爸问候他的黑熊老友。一进门，奥妈

看上去就像跟奥爸久别重逢似的，其实才隔了二十分钟不到。黛西快乐地尖叫着挥手。妈妈说："欢迎回家，老爸。"

那一刻，奥爸看起来像个年轻小伙儿。他让我想起了阿福。我感觉自己好像回到了过去，直到我听见有人喊我："快来，梅子，蚯蚓是不会永远都等着的！"

"什么味道？"洛根捏着鼻子问道。他的自行车后面挂了两个大的空水桶。

"我可能喷了太多的杀虫剂。"我承认道。

当我们靠近湖边时，他用一根棍子在泥土上画了一个"X"，我们每人吃力地拎一桶水过去。洛根用游戏节目主持人的声音宣布："蚯蚓时间到了！"

我摇了摇头："我做不到。"

"为什么？"洛根拉开背包的拉链，"每条蚯蚓我们赚四美分！一磅大约有一千条，所以假设我们挖到半磅——那就是二十美元！"

"我不在乎赚多少钱，这太恶心了！"

洛根忙着往水里挤肥皂液，没时间理睬我。他用棍子把水搅来搅去，然后把棍子扔在地上。

"你在干什么？！"

洛根只是盯着泥土。人在安静的时候，听到的声音是很美妙的。鸟儿啾啾歌唱，树叶沙沙作响……而我在尖声叫嚷。几十条又肥又黏的蚯蚓在潮湿的泥土里蠕动着。

“别光站在那儿，梅子。”洛根一边说着，一边把蚯蚓扔进桶里，“快把它们捡起来！”

我不情愿地试图用一根棍子捞起一条蚯蚓，但这不太可行，我就再拿另一根棍子，当作筷子一样用，只是那蚯蚓像又大又肥的面条……不停地扭动。令我震惊的是，早上快结束的时候，我开始像洛根一样用手指抓蚯蚓了。姜姜是不会相信的。我也不知道我竟然敢这样做。

## 第二十八章

奥爸打了一个雷鸣般的嗝。我也打了一个。奥爸声称打嗝是饱食了一顿美餐的标志。妈妈说这是不礼貌的表现，但她现在不在这里。晚餐时我没吃炒面，而是把注意力集中在油光闪亮的猪肉上。

“你向来擅长打嗝吗？”我问。

“我打嗝最厉害！”奥爸夸口说，“当我们还是孩子的时候，我和维尔纳……”

他让这句话悬在了空中。

“你有你们俩年轻时候的照片吗？”

奥爸佯怒道："你这话是什么意思？我现在依然年轻着呢！"

"金宫饭店的那些老照片，就是挂在办公室墙上的那些照片，"我递给奥爸一块幸运饼干，"那些人是谁？"

"纸儿子。"我正要问这是什么意思，奥爸开始读他的幸运签语："你不仅长得帅，而且还是个讲故事高手。"

他大笑起来。"你写的签语真有一套，梅子。好的，我记得我们上次讲到一百三十年前的故事就停下了。我有时会忘记细节。到了我这把年纪，记性就不太好了。总之，你外公的爷爷被迫逃离旧金山……"

墙上照片的故事得等一等了。

## 杰西·詹姆斯团伙

1876 年

詹姆斯–扬格帮臭名昭著。在亡命之徒杰西·詹姆斯的带领下，他们专门抢劫公共马车、火车和银行。

1876 年 9 月 7 日，这伙人准备抢劫明尼苏达州诺斯菲尔德的第一国家银行。他们这伙人中有一个新来的人，名叫布斯·弗朗西斯，他是附近一个小镇的厨师。一到银行，几个人就开始朝空中开枪，以分散注意力，而其他人则冲进了银行大楼。

在银行里面，银行出纳拒绝打开金库。当诺斯菲尔德的市民们弄清楚发生了什么事后，他们开始还击。一场战斗爆发了，现场有伤亡。在接下来的几个星期里，美国历史上最大规模的搜捕行动开始了。警察成功地追踪到这些不法分子并将他们逮捕，除了杰西和他哥哥弗兰克。

与此同时，在骑马一个半小时路程之外的明尼苏达州的小镇拉丝强斯，另一个问题出现了。

“这食物太难吃了！”

“我知道，我知道，”镇上唯一的餐馆——金栏餐厅的老板嘟囔道，“但是我的厨师失踪了，厨房里只有我一个人干活！”

“好吧，你最好快点想出办法来，”顾客开玩笑说，“否则金栏餐厅就会像詹姆斯-扬格帮一样倒台了！”

三天后，一列火车驶入拉丝强斯车站。阿福朝窗外看。这个小镇看起来一点儿也不像他一年前离开的那个大城市。他根本不清楚自己到了哪里。为了不被发现，他经常换车，有时会暂停几天或几周，在这里或那里接一些工作。

“先生，”他问售票员，“我们这是在哪儿？”

看到一名警长登上火车，阿福慌了。“这是拉丝强斯。”售票员说。阿福以为他说的是“这是最后的机会（last chance）”，吓得转身就跑。

小镇的人看到一个中国男人在主街上狂奔，一定会觉得很奇怪，但阿福全然不顾。他已经离开加州这么远了，但仍然害怕被抓住，尽管他没有做错任何事。当他跑到金栏餐厅时，他突然停了下来。窗户上有一张手写的广告：急需厨师。

# 第二十九章

我有很多问题！比如，金栏餐厅的厨师会不会是帮派成员之一？奥爸一直教导我要有耐心。“你不能心急忙慌地腌叉烧，你也不能催我讲阿福的故事。”

这段时间，我已经开始查询有关纸儿子的情况。

经过火车站时，我想象着年轻的阿福走下月台，俯视主街时的情景。当时那里还没有汽车，只有一条土路和马匹。

回到家，维尔纳跟我打招呼。“他真是个固执的老家伙。”维尔纳离开时大声说。

“总算摆脱那个讨厌鬼了。”我还没关门，奥爸就喊道。

“奥爸，阿福是纸儿子吗？”我问道。

奥爸摇了摇头：“纸儿子是来自中国的年轻人，他们购买身份证件，假装是美国公民的亲戚，所以他们作为儿子——只是纸面上的。美国制定法律阻止中国人来美国时，阿福已经在美国了，所以他不是纸儿子，但办公室墙上照片里的人，他们大多数人都是。”

“他提供身份证明文件了吗？”

奥爸打了个哈欠。只要不是和维尔纳争论，他就会容易疲惫。“没有，不是那样的。阿福没有做任何被判定为违法的事情。他所做的，是帮助那些需要帮助的人，给他们提供食宿和打工的地方。最重要的是，他鼓励了那些漂泊到拉丝强斯的纸儿子。”

“他们怎么了？”

“如果我能知道就好了，梅子。以后我们可以多聊聊纸儿子，但关于阿福，还有一些事情你应该先知道。”

“现在吗？”我满怀期待地问。

“现在是午睡时间，”奥爸闭着眼睛回答，“但我保证，你会知道更多关于阿福的故事。”

霍姆斯校长周末不在学校，所以关于纸儿子的研究我得等一等了。自从我第一次到奥爸家，我就看到奥爸的钓鱼背心一直挂在前门口。“我要去拿晚饭了。我能穿这件吗？”我拎起钓鱼背心问。

奥爸又打了个哈欠：“当然可以，穿吧。我短时间内不会去钓鱼了。”

我在镜子里欣赏自己的样子。这件背心是深绿色的，有十二个口袋，里面装满了饼干、双筒望远镜、杀虫剂和一些幸运扑克牌筹码。

布袋熊在金宫门口迎接我。我最初以为它是在凶狠地咆哮，现在看来它却是在微笑，可能是因为它藏有许多秘密。

有时候我和洛根在布袋熊附近闲逛，只是为了偷听别人的祈祷。有一次，我们听到一个男人向布袋熊吐露说，他要打扮成草莓冰淇淋甜筒的样子，向他的女朋友求婚。

奥爸很喜欢听我说这些，他真的很想念金宫。上次他来这里的时候，试图从轮椅上下来，结果和黛西撞了个满怀，黛西当时正端着一盘酱油炒面走过来。当她忙着收拾残局时，房间里是一片尴尬的沉默，直到奥爸开玩笑说："这个可怜的女孩不知道被什么击中了！"

大家都笑了，尤其是奥爸，但我能看到他脸上不好意思的表情。

此刻，黛西在查看两个巨大的电饭锅，奥妈在办公室里，又在自言自语。桌上的钞票好像翻了几倍。

我浏览墙上的照片。我现在知道你们是谁了。纸儿子们，你们好。

大多数老照片中的人都不笑。之后的照片中，出现了一些看上去比较有趣的人，其中有一个瘦弱的年轻人正使劲把一袋大米举过头顶。我注意到墙上也有褪色的卡片和信封。

"纸儿子——他们有名字吗？"我问奥妈。

"每个人都有名字。"她答道。

"他们后来怎么样了？"

奥妈放下笔，说："你为什么想知道？"

"他们是什么年代来的？不是非法的吧？"

奥妈看向黛西，黛西把胡萝卜按个头儿大小排列好了。

“我不知道途经拉丝强斯的纸儿子们的具体情况。人们不想让别人知道他们的事情，因为这可能会对自己不利。你永远不知道谁值得信任。”

“你知道他们后来的生活吗？”

奥妈摇了摇头，说：“我也希望能知道，但他们大多数人都在我来拉丝强斯之前就已经来美国了。多年来，许多人都杳无音信。要是能知道每个人后来的情况就好了。我只希望他们能过上幸福的生活。”

我看到的越多，了解的就越多。阿福来美国时十六岁，只比我大五岁。我走进一间满是陌生人的房间时，都会感到很别扭，想象一下，进入一个全是陌生人的国家，那又会有怎样的感觉？在照片中那些严肃的面孔背后，我现在可以看到恐惧——但当我仔细观察时，我也看到了决心、希望和勇气。只有勇敢的人才会为了未知的前途而横渡大洋。

奥妈领我走出办公室。“纸儿子。真儿子。亲戚。游客。他们都是我们的家人。无论是给他们提供一顿饭、三天暖和的床铺，还是三个月的工作，帮助别人都是一种荣幸。”

“这怎么叫荣幸呢？”

“当你能够提供帮助时，这意味着你自己的生活还算好。”奥妈继续说，“很久以前，火车就不再经过拉丝强斯了，纸儿子们也一样。梅子，我们家没有窝藏罪犯。我们给人们提供食物和工作。这不是犯罪。”

我想到了奥爸在电视上看到的那些反对有色人种难民和

移民的新闻，新闻里的内容太可怕了。但这些事都发生在大城市，而不是拉丝强斯这样的小镇。

“奥妈，你怎么从没说起过你的家人？奥爸一直在谈论他的家人。”

“唠叨先生的话已经够我们俩听的了。”只要一想到他，她就会微笑。这就是爱情吗？“好了，你的问题够多的了。去给奥爸送晚饭！快走！”

## 第三十章

夏天已经过半。奥爸的健康状况就像跷跷板，起起伏伏。有时候他很机敏，喜欢说话，喜欢吃东西，玩扑克牌还能赢我。其他时候，他只是坐在那里无神地盯着电视，即使是播放卡洛斯的节目。在这种时候，我会感到害怕。

我一直在读惠特洛克镇长留在厅堂里的杂志《明尼苏达众知》。他写了很多有趣的东西，比如：一对孪生奶牛是最好的朋友、有人坐在浴缸里横渡湖泊的故事。一篇题为《在明尼苏达州寻找华人》的短文引起了我的注意，一个名叫蔡艾米的研究生正在为她的论文做调查研究。

我想知道艾米知不知道金宫饭店。突然，我有了一个主意！奥妈和奥爸虽然总是表现得很开心，但我能看出来他们是假装的。如果我能找到一两个纸儿子的家人，那一定会让他们很兴奋！也许艾米能帮上忙？

我偷偷把一些褪色的照片和文件塞进钓鱼背心口袋里，这样我就可以在学校图书馆复印了。其中一张照片的背面是新泽西的地址。我仔细研究了照片中的年轻人。他留着寸头，穿着一件太过紧身的西装。他的表情很严肃。我能辨认出照片底部用浅棕色的墨水写的花体名字。

“方埃迪，你后来生活得怎么样？”我大声问道。

我明知他的家人还住在原处的可能性很小，但我还是想试着给他们写信。“你永远不知道后面会出现什么牌。”奥爸喜欢这么告诫我。

当我回到家时，奥爸和维尔纳正互相干瞪眼。这两个曾经的挚友沉默不语时，我径自上楼开始打字。我打了很多错字，因为没有删除键。

最后，我终于打出了两条令我满意的幸运签语。

好朋友是持续一生的。

谈话会被高估，但真正的友谊不会。

我用这两条幸运签语替换了幸运饼干里原先的签语，而后递给奥爸和维尔纳每人一块幸运饼干。

## 第三十一章

日子过得飞快。现在黛西全天都在金宫工作。这意味着妈妈和奥妈可以腾出更多时间，轮流陪伴奥爸，而我可以和洛根一起出去玩，或者在餐馆帮忙。

我喜欢和黛西聊天。“俄亥俄州有个至高点叫朗普克山。这是一座用垃圾堆成的山！”她告诉我。当我面露惊讶时，黛西点了点头。“我知道你肯定想了解原因。”

厨房里有了一种新的声音，伴随着哒哒声、冒泡的咕嘟声以及黛西的自言自语声，那是打字机按键的咔嗒声。我想，金宫需要准备一些幸运饼干赠送给顾客。自从奥妈给了我用来涂改错字的修正液，我打字就容易多了。顾客们很喜欢我的幸运签语，已经开始问我们要这种特别的饼干了。

“每位客人，每餐一块。”奥妈告诉他们，“下次再来金宫，你又会得到一块。”

因为有时我不在金宫，所以我预先写好很多条幸运签语，比如：如果你在金宫吃过饭，那你一定会很聪明！

但当我在餐馆的时候，我会看着用餐者，就好像我们坐在扑克牌桌旁，然后我写下给他们的专属幸运签语……

他并不是无视你，他只是很羞涩。

蓝色是你的幸运色。

要求加薪，这是你应得的。

这是星期六的晚上。一个名叫埃里克·菲斯克的少年带着他的同伴来了。他们坐在“麦克白夫人”旁边那桌。他刚走进来的时候，我简直有点眩晕。他长得太可爱了！我在镇上见过他。洛根说埃里克是高中校园里最受欢迎的男孩，他总是表现得好像他是学校的统领。

可到目前为止，埃里克已经跟我抱怨，茶太冷，汤太热，服务太慢。埃里克在空中打着响指以引起我的注意。突然间，他就不那么可爱了。

“这道菜里应该有七只虾，但今天只放了五只。”

他嗓门很大，似乎想让所有人都看他。我记得奥爸说过：“嗓门最高的玩家，通常是在掩饰自己拿了一手烂牌。”

我敢打赌，埃里克是那种虚张声势的人。

“很抱歉。”我提出再给他送两只虾来。

他告诉同伴："你得小心这些人，不然他们会骗你。"

他的同伴低头看着自己的大腿。好管闲事的"麦克白夫人"在旁观。

埃里克对我说："这次就算了。"

"谢谢，"我对他说，"我也不打算给你加了，因为我刚数了，你盘子里有七条虾尾巴。"

当我带来幸运饼干和账单的时候，埃里克还是满脸通红。

他的同伴读了她拿到的幸运签语，忍不住笑了起来。

"什么事这么好笑？"埃里克付了现金，留下二十七美分的小费。

"没什么。"她说。

她的幸运签语是：你可以比他做得更好。

当他们离开时，埃里克狠狠地瞪着我，让我不禁打了个寒战。我埋头写更多的幸运签语，以分散自己的注意力。

黛西的梦想是拉丝强斯能有一个垃圾回收项目。"用卡车来回收东西，而不是让我把所有东西都送到回收中心。"她今晚数小费的时候，会在她的小费罐里发现一块幸运饼干，上面写着一句话：聪明人通过回收来实现环保！

玩扑克牌时，"暗示的力量可以让人在无意中改变行为。"奥爸告诉过我，"例如，如果你在拿到牌的时候点点头，那就意味着你有一手好牌——不管是不是真的有，这会引导其他玩家这么想。"

我的幸运签语就是这样的。暗示的力量，就在饼干里。

# 第三十二章

今天是双数日，所以轮到吃小香肠。尽管妈妈和奥妈知道奥爸吃得不多，但她们仍然确保给他足够分量的饭菜。这就意味着当我们交换午餐时，维尔纳会得到很多食物。

“阿福当厨师的时候，他想掌管那家餐厅吗？”我放下食物袋时问奥爸。我不确定自己长大后想做什么。也许会当个作家？“那是他的梦想吗？”

“有时候，人们身处梦想之中，才知晓梦想为何物。而有时候，他们因忙于做事，就会与梦想擦肩而过。但对于阿福而言，命运、食物和好运自己出现了。”奥爸停下来，嗅了嗅气味，然后继续说道，“不过，阿福的生活依然很艰难，面临死亡威胁、抢劫、移民官员、挑剔的顾客——但你不会有耐心倾听所有这些故事，对吗？”

“奥爸，你知道我想听！”我拿起维尔纳家的食物袋，“给小香肠和酸菜讲一个故事吧。”我提议道。

## 金栏餐厅

1876 年

在明尼苏达州的小镇拉丝强斯，通常没什么大事发生，但一夜之间，出现了一件新奇有趣的事情。金栏餐厅是方圆几英里内为数不多的用餐地之一，那里换了一名新厨师。据说他是一个华人……来自加州……他做的菜肴非常美味。

年长的餐馆老板已经头发斑白，外号叫“乐乐”，他从不掩饰自己内心的热情。“阿福，你为什么总是躲在厨房里？来见见你的粉丝吧！”

尽管在拉丝强斯，旧金山的警察不太可能大费周章来这里追踪，但阿福还是担心自己会因为一桩莫须有的罪行而被捕。一想到菲利普斯夫妇会认为他背叛了他们，他的心情就变得很沉重。如果这个小镇名副其实是属于他的“最后的机会”，他就决心充分利用这个机会。

过了好几个月，他才大着胆子走进餐厅。他走进去时，整个餐厅鸦雀无声。对大多数人来说，阿福是他们见过的第一个亚洲人。

“你们都盯着看什么？”乐乐喊道。他指着盘子说：“那块牛排！那些酪乳饼干！那个苹果派！你们一直在吃的美味食物就是这个人做的。让我们好好感谢他！”

对阿福来说，这些注视和沉默让他想立即转身跑进厨房。但是，非常奇怪的事情发生了。一个样子粗鲁的人站了起来……然后开始鼓掌。很快，整个餐厅的人都欢呼起来。乐乐满面笑容，就像一个自豪的家长，看着阿福走向一张张餐桌去挨个儿打招呼。

“阿福，你的英语很棒！”有人夸赞道。

“他的英语是很棒，”另一个人补充说，“但他的厨艺更棒！”

在接下来的十年里，阿福为老板乐乐工作。每个人都知道，想吃顿大餐，金栏餐厅从来不会让人失望。阿福在拉丝强斯成了最受欢迎的小镇公民。

# 第三十三章

星期天上午，我走下楼梯时，听到妈妈和奥妈在争吵。这让我感觉胃疼。奥爸盯着新闻，要么是没听见，要么是假装没听见，或者根本不在意。我没有时间看笑话，拿了根香蕉当早餐，就溜走了。

洛根又想去挖蚯蚓。夏天，当地人和来这里钓鱼的游客对鱼饵的需求量很大。尽管我讨厌挖蚯蚓，但我需要这笔钱。

洛根骑着他的自行车，我边走边跟在他旁边穿过小镇。突然，他猛地踩下刹车。

“怎么了？”我恼火地问。还有，为什么这儿附近没有垃圾桶呢？黛西说，香蕉皮需要两年才能分解，所以人们不应该把它们扔在别人的花园里。

洛根不说话，用手指着金宫。香蕉皮从我手中滑落到人行道上。布袋熊平时站立的地方，现在空空荡荡的。我跑到房子后面，喊着它的名字，以防万一。可是以防什么呢？一只体型庞大的木雕熊又不能站起来四处走动。我脑子糊涂了。

“谁会搬走它呢？”洛根来回踱步。

我瞥见维尔纳在往他的餐厅里搬箱子，伊娃正在本·富兰克林店门前给盆栽浇水。两人似乎都没注意到布袋熊失踪了。我看到金宫的门缝里塞着一张纸条，上面写着：

> 我们掳走了你的熊。如果你想拿回，就支付一千yen[①]，外加十二个鸡蛋卷，不然就滚回中国，回家去！！！

妈妈一路跑着赶上奥妈。洛根守卫着布袋熊曾经站立的空地。一辆汽车经过时减速了。我认识那个顾客，他总是抱怨菜太辣，并且在吃完整道菜后还想要退钱。

“这是真的！”奥妈已经上气不接下气，“布袋熊失踪了。”

妈妈和奥妈紧挨着站在一起读纸条。

“别告诉奥爸，”奥妈小声说，“他爱那只熊。”

就在这时，钟声响起，教区居民从教堂里拥了出来。几个路过的人问：“布袋熊去哪儿了？”

“失踪了。”妈妈说，语气中透着迷惑。

惠特洛克镇长端着一杯咖啡走过来：“熊在哪儿？在度假吗？”

洛根脱口而出：“布袋熊被绑架了。这是犯罪，我敢肯定。他们留下了一封勒索信，语言很粗鲁。”

惠特洛克镇长脸色严峻起来：“我可以看看吗？”

---

① 勒索信上错将人民币的货币符号写成了日元（yen），可见绑匪分不清中国和日本的货币。

我们都在等待他的裁决。

“这不仅仅是一个恶作剧，”他说着，把信交还给我保管，“这是仇恨犯罪。”

## 第三十四章

我没有去挖蚯蚓，而是和妈妈、奥妈一起回家了。一路上我们都不说话。我们到家时，奥爸正在跟电视里的卡洛斯说话。“是的，”他赞同道，“一切东西加上黄油都会更好吃！”

当奥爸建议玩扑克牌时，我点点头。也许这有助于我不去想布袋熊的事，但是在我动手洗牌之前，奥爸就已经知道我的把戏了。

“我能读懂一个房间里的人，就像我能读懂一张牌桌一样容易。”他目不转睛地盯着我，“梅子，我能看出有什么事情不对劲。你奥妈穿着拖鞋去了金宫。”我假装不知道他在说什么，但奥爸揭穿了我的伪装：“快告诉我。”

我从钓鱼背心口袋里拿出勒索信递给他。

奥爸默默地研究着勒索信，然后看向窗户。我看不出他的表情。“布袋熊是拉丝强斯最年长的公民，也是最受欢迎的公民之一。”奥爸转过身来面对我，“要我告诉你它是怎么来到金宫的吗？”

# 布袋熊

1886 年

在 19 世纪 80 年代，美国国会通过了《排华法案》，禁止华人劳工进入美国。

“禁止华人入境！”头条新闻如此宣扬。

“怎么啦？”一个花白的脑袋从阿福正在看的报纸上方探了过来。乐乐老板的阅读能力下降，视力也大不如前，所以他依靠朋友来获取消息。

“他们不需要像我这样的人了。”阿福耷拉着肩膀。在餐厅开门前，两人照例吃着早午餐。“他们可能会把我遣送回去，甚至更糟。”

这时，阿福三十三岁，他在美国已经生活了十几年。如果你闭上眼睛听，你会发现他说的英语就跟拉丝强斯的其他居民一样好。

“啊，你和我都属于这里。”乐乐说，“我来自德国，但我们都是美国人！”

“你是白人，长得像美国人，”阿福指出，“另外，你是店老板。他们驱逐的是工人。”

乐乐老板给自己倒了一杯酒，他一天到晚都这样，想喝就喝上一小杯。“朋友，我年纪大了，要是没有你，我一个人无法经营这家金栏餐厅。答应我，你永远不会离开这里。”

那天晚上，一个疯狂的念头唤醒了阿福。尽管机会渺茫，但他太兴奋了，以至于失眠了。

第二天早上，乐乐老板和阿福达成了一笔交易。阿福在当了十年厨师后，买下了金栏餐厅，成为明尼苏达州最早的中国商人之一。乐乐非常激动，在餐厅正式易手那天，他送给新老板一份礼物。

“来吧，阿福，别只是站在那儿。说点儿什么吧！”

阿福欣赏着木头雕刻的大黑熊。它站在金栏餐厅外面，好像在守卫着它。“在中国，当你看到名叫布袋的和尚雕像时，你会摸摸它的肚子，祈求好运、幸福和财富。”他告诉乐乐老板，“我们这里可能没有布袋和尚，但布袋熊可以当我们华裔美国人自己的吉祥物！”

乐乐老板是他热情的试吃员，阿福很快就开始在菜单上添加中国菜。

“这是什么？”斯温警长指着他的盘子问，“是意大利面吗？我哥哥住在纽约，他说意大利面是最新流行的东西。”

阿福解释说，这些中国面条被称为捞面，是他母亲的食谱。当这位挑剔的治安官要求再来一份捞面时，阿福知道自己成功了。随着时间的推移，菜单上的中国菜终于比传统的美国菜还要多。

阿福向顾客承诺："如果你不喜欢中国菜，就能免费换一份美国菜。"但是，从来没有顾客要求他这么做。

一天，一群吵吵闹闹的游客坐到了最好的一张桌子旁。"这里供应的是中餐吗？"其中一个一边抱怨，一边扔掉了菜单。"有没有牛排和土豆？"

"我们也供应这些。"阿福解释道。

"这是你开的饭店？"另一个人震惊地说，"什么时候开始让中国佬做生意了？"

阿福以前见识过这种人。最好的办法就是把他们喂饱，然后让他们尽快离开金栏餐厅。"这顿饭由我请。告诉我你们想要点什么。"

"我想让你离开这个国家，"第一个人说，"如果你不走，我们很乐意来帮帮忙。"

# 第三十五章

我们都沉默了好一会儿。最后，我开口说："奥爸，他们在威胁阿福。"然后我停下来，小声问道："他们叫他'中国佬'。这不是一个很糟糕的词吗？"

奥爸点点头："那个时代，各种威胁和更糟糕的事情时有发生。你说得对。这个词是对中国人最难听的称呼之一。"

"有人那样叫过你吗？"

"事实上有过好多次，尤其是在我年轻的时候。而在那之后，也常会发生。你可能会忘记外面还会有很多抱有偏见的人，天真地认为情况在改善。而后，当某个糟糕的人出现时，你会又一次感到震惊。"

奥爸太累了，没有力气继续讲下去。我想，布袋熊的失踪给他的打击，要比他表现出来的还要大。这件事让我们所有人都万分震惊。"那只熊已经成为我们家几代人的一分子。"我给奥爸端上一杯茶后，他沉痛地说。

我希望自己能做得更好。但要怎么做呢？在电视上，卡洛斯正在亚拉巴马州门通市大吃虾和粗麦粉。我知道我能做什么了。这虽然无法让布袋熊回来，但会让奥爸开心。尽管希望很渺茫，但就像玩扑克牌一样，如果你不玩就不可能有赢的机会。

亲爱的卡洛斯：

我叫梅子，快十二岁了。我的外祖父母在明尼苏达州的拉丝强斯开了一家金宫饭店。这家餐馆已经有一百多年的历史了。

大家都说金宫有最好的中国菜。有位顾客喜欢这里的每一道菜肴，她总会点上很多东西，根本吃不完！如果你能来这里演出，那就太好了。

诚挚地感谢！

陈梅子

又及：我的外公是你的头号粉丝。他病得很重，所以如果你能快点来，那就太好了。谢谢你！

## 第三十六章

我重读了勒索信，想要寻找线索。这说不通啊。没有签名，没有邮箱，也没有电话号码。没人试图联系我们。货币也写成了日元，而不是人民币。另外，如果我们从未去过中国，我们怎么能“回家”呢？

警长过了两天才来。显然，熊的失踪不是警察的首要任务。

“到目前为止，我们还没有找到嫌疑人。可能只是孩子的恶作剧。”他说。

“‘只是孩子的恶作剧’，就算解决了吗？”我问。

警长只顾吃他的特价午餐，并不理我。他没有结账就离开了。

惠特洛克镇长想做一个《明尼苏达众知》的采访。他说：“这只布袋熊是拉丝强斯有史以来最能够称得上是里程碑的一种存在。”

第二天吃早饭时，奥妈盛了几碗粥放在桌上。“生意已经够惨淡的了。难道这就是我们想要的金宫宣传吗？”

“我们不能忽视已经发生的事情。人们应该知道发生了什么。我来接受采访。”奥爸主动提议，但接着就是一阵咳嗽。他对我挤了一下眼睛，我也回他一个微笑。奥爸是对的。我们不能放任这件事不管。

“不，爸爸，”妈妈警告说，“医生说你不能激动。”

奥妈和妈妈忧虑地交换了一下眼神。不论平时怎么争论，只要涉及奥爸，她们总是站在同一战线。

在他们三人交谈时，我想起奥爸曾经对我说过的话：“梅子，如果你想在扑克牌上取胜，就不能害怕冒险。要了解你的舒适圈，然后跨出去。”我还记得奥妈说过要帮助别人。

我清了清嗓子，以引起他们的注意。“我知道谁能接受采访。”我说。

我们坐在火车站的长椅上吃午饭。洛根又对着那口井许了个愿。他说：“许的愿望越多，美梦成真的可能性就越大。”

我递给他一盒奶油芝士馄饨。奥妈给他的馄饨里加了他喜欢的花生酱。

“梅子，这次采访会让你出名！”

**寻熊启事**

**关于布袋熊**

**身高：七英尺**

**最后一次出现是在主街的金宫饭店门口。**

**安全送返的奖励：免费用餐一周。**

**如果您有消息，请到金宫饭店找梅子。**

我笑了起来。我不确定有多少人真正读过《明尼苏达众知》。“如果我说了些蠢话怎么办？”

“惠特洛克镇长可以把它删掉。”洛根向我保证。

“好吧，谢谢。”我筷子用得越来越熟练了。奥爸说，只要我能用筷子夹起一粒米，他就会送我一份永生难忘的礼物。

在回家之前，我们去了趟学校。霍姆斯校长让我们使用学校里的复印机。

回到家，我把传单给奥爸看，并解释说：“我和洛根把它们贴遍了整个镇子。”

他点了点头，说：“这已经不是布袋熊第一次遭遇不幸了。”

“真的吗？之前发生过什么？”

奥爸伸展他瘦削的手臂。“你知道，那只熊已经不年轻了。我们得回到一百多年前……”

# 闹事者

1891 年

在那群旅客出现的当天夜里，金栏餐厅打烊已经有好一会了，阿福听到了敲门声和喊叫声。他打开门，与那几群旅客迎面相对。他能从他们的呼吸中闻到一股酒味。

那三个人把他拖到街上，狂笑着，对他又打又骂。值得庆幸的是，阿福在旧金山的遭遇已经教会了他如何应对这种情况，而在餐馆干重活也让他肌肉发达。阿福设法击倒了一个对手，但还有两个。他刚要再打一拳，就立即僵住了。一把枪正对着他。

阿福慢慢地举起双手。难道他从中国来到美国只是为了在拉丝强斯被一个醉汉杀死吗？

就在他几乎要放弃希望的时候，斯温警长赶来了，后面跟着一队人，包括乐乐和几个当地居民。“放开他！”

拿枪的那个人醉得几乎站不起来。“啊，我们只是在为你们清理这个小镇。”

“滚出拉丝强斯，不准再来。”斯温警长命令道。

“谁敢逼我？”那人凭空开了一枪，问道。

当子弹飞来时，阿福和赶来保护他的朋友们躲了起来。

最后，当那人的子弹打光时，街上一片寂静。但乐乐突然打破了寂静，大声喊道：“哦，不，他被——”

# 第三十七章

“我想今天就讲到这里吧。”奥爸舒展双臂，打了个哈欠。

“不行！”我抗议道,“你现在不能停下来。阿福中枪了吗？他活下来了吗？”

奥爸笑着说：“如果他没有活下来，那么我和你今天就不会在这里了。再说，中枪的也不是阿福。”

“是斯温警长吗？奥爸，快告诉我发生了什么事！”

他佯装生气，但两眼放光：“哦，好吧，既然你这么咄咄逼人……”

# 闹事者（续篇）

1891 年

是布袋熊身上中了两颗子弹，但它还挺立在那里。闹事者们逃离了小镇，阿福回到金栏餐厅，拴上了身后的门。

第二天清晨，天还没亮，他就被玻璃破碎的声音和呛人的烟味弄醒。阿福赶紧往火焰上浇水，但他一个人难以应付。

“救命！着火啦！”阿福大叫起来。

整个小镇都在沉睡，当火焰升起时，阿福担心没人能听到他的求救声。突然，教堂的钟声敲响了。居民们从家中拥了出来，许多人还穿着睡衣。幸运的是，这星期早些时候下过雨，井水很满。人们立即组成了一支水桶队去灭火。

“只要有机会，我就要把他们扔进监狱。”斯温警长说。

“如果你试图逮捕袭击华人的白人，那你会有麻烦的。”镇长说。他说的是实话。

虽然金栏餐厅损坏严重，但厨房并没有被烧毁。在接下来的两个星期里，阿福忙着整修餐厅。朋友们也来帮忙，但就在金栏餐厅准备重新开业的那天，迎接顾客的却是挂在门上的一块牌子：暂停营业，开张日期另行通知。

阿福失踪了。

# 第三十八章

尽管那场大火发生在一百多年前，但我还是四处逡巡，检查金宫的墙壁。我不在乎“麦克白夫人”是不是一直盯着我。在某些地方，我能看到像是被烧焦的痕迹。我找到奥妈，想问她这些痕迹是怎么回事，但她和妈妈又在为收银机的事情争吵不休。奥爸今天拿到了医学检查的结果，这些结果并不如奥妈所愿，但她从不让奥爸知道她有多担心。相反，她把沮丧情绪发泄在了妈妈身上。

在离开金宫之前，我用打字机为顾客们打好了幸运签语。能够以此照亮别人的日子，这种感觉可真好。

边吃饭边看书的女士得到的幸运签语是：书 + 中餐 = 幸福。

一个男人一侧的头发被妻子不小心剪掉了太多，他收到的幸运签语是：它会长回来的。

我打出来的最后两条幸运签语是给奥妈和妈妈的，上面是相同的内容：战斗很容易。谅解很困难。

当我步行穿过小镇时，我会仔细观察遇到的每一个人。绑架布袋熊的人可能就在我面前。大部分传单还贴在上面。在其中几张传单上，有人在布袋熊的脸上画了一双眯缝眼。

我把这几张传单扔进了垃圾桶。

到学校图书馆来查收电子邮件，真让我开心。蔡艾米——那个在明尼苏达州的研究生给我回信了！她听说过金宫饭店，很想了解更多情况。“此外，我参加了几个研究小组，我一定尽我所能告诉你。”

我回复了邮件，询问她拉丝强斯的纸儿子们的情况。邮件发出后，我就去阅览图书。在参考资料区，书架上有几排年鉴。我要查很久以前的，但找到了妈妈高三那年的那本。我知道妈妈喜欢在我们洛杉矶家附近的水库周围跑步，但我不知道她是田径队的。她几乎不谈高中的事。我看到了一张妈妈和霍姆斯校长的合影，照片的标题是：奇怪的一对。

妈妈的毕业留言是：再见，拉丝强斯。你好，世界！

霍姆斯校长的格言是：那些杀不死你的，会让你更强大。

我看到妈妈在自助餐厅吃饭的照片，照片的配文是：不要乱动龙女的午餐！

我慢慢合上年鉴，把它放回书架。

## 第三十九章

惠特洛克公共关系事务所的大厅里有成堆的小册子，标题如“钓大鱼的第一站——拉丝强斯”！封面上装饰着金色边框的《明尼苏达众知》杂志被排在墙边。所有封面都突出了惠特洛克镇长写的专题文章，比如:《王子，明尼阿波利斯唯一的真王》。

我很欣赏那座手持钢笔的银质女子雕像。“这是 J. 丹尼尔斯奖，表彰杰出的新闻工作者。”惠特洛克镇长告诉我，“我写的文章很有分量，胜过有人在州博览会上用黄油刻出来的最佳奶牛。我的目标是回到更重要的工作中，争取能再次获奖。”

我很想看看用黄油做的奶牛。

“……这是一个完美的故事。”惠特洛克镇长说。这把木椅坐得不舒服，我的脚够不着地板。我不知道手该放在哪里，干脆就把手压在大腿下面。“关于这只可爱的熊，会涉及地方视角，还有种族色彩——”

“但这篇文章不会让拉丝强斯看起来很糟糕吧？”我想作为镇长和公关人员，他不会希望这样的。

“任何宣传都是好的宣传，”惠特洛克镇长向我保证，“告诉我，梅子，你对发生的事有何感觉？”

“感觉糟透了。”难道我还能有其他什么感觉？“如果这是恶作剧，那一点都不好笑。”

惠特洛克镇长在记录我说的话，尽管他也在录音。他用笔指着我问:“你知道这会是谁干的吗？”我瞥了一眼他的记事本，他的笔迹与勒索信上的字迹不符。

金宫的有些顾客认为用扭曲的中国口音点餐很搞笑。很有可能是那帮刻薄女孩干的。但头号嫌疑人是埃里克·菲斯克，因为我让他在同伴面前难堪了。但我没有证据。

“我真的不确定。”我承认。

“你会对做这件事的人说什么？”

“我会说：‘你为什么带走布袋熊？你为什么写那封信？’”我想到阿福和利伟的经历，“我的祖先帮助建立了美国，但是你们为什么要试图摧毁我们？’”

“很好。说得好。”他在纸上画了一个迷宫，“你说话可真有一套。”

我的脸唰地红了。真不敢相信我们已经聊了一个多小时了。“这篇文章什么时候发表？”惠特洛克镇长停下手机录音。“《明尼苏达众知》是一本月刊。这篇文章要到 8 月 1 日才会发表，但我必须至少提前两周交稿。一旦开始排印，就不能有任何变动。如果你想起了什么，请尽快告诉我。”

他把我送到门口时说：“发生的这件事是有新闻价值的，但让你的家人经历这些糟糕的事，我很抱歉，梅子。”

## 第四十章

奥爸说我虚张声势的技巧是一流的，但我需要加强攻击性。

我洗牌时，奥爸继续说："你面对多个对手时，需要摆正自己的位置。这就是人们出牌的顺序。"

奥爸指着我的顾客点单登记簿，我在那上面记笔记。"每一手牌都有一个故事。要记下来。"

今天早上，奥爸吃掉了大部分早餐。奥妈见状，欣喜万分——也许他正在好转！

"最好是最后一个走牌，"他切牌时，我背诵秘诀，"这样，你就可以看到其他人在打什么牌。"

"你说对了！"奥爸看起来很骄傲。

记录扑克牌有点像追踪绑架布袋熊的嫌疑人。每个人一开始都身处局中，但慢慢地，一些牌被扔到一边，其他的牌就开始显山露水。

我扔下手中的牌——三张 8 和两张 K。满堂红！

奥爸敲着我的牌："满堂红是我最喜欢的'手气'。现在，我们来谈谈该如何设陷阱。"

"这听起来很危险……"

"只要你做对了，就不会有危险。"他试图掩饰自己的哈欠，"设陷阱就是假装手上的牌很差，这会让对手产生一种虚假的安全感，然后猛扑过去！"

我在想是谁掳走了布袋熊。埃里克？我试着想象奥爸、洛根和我一起扑向他的场景。

"奥爸，你觉得我们能把布袋熊找回来吗？"

"布袋是只大熊，"奥爸安慰我说，"它是不会走远的。"

后来，我打开了电视，在我去取午餐的时候，就由电视陪伴奥爸。

“熊喜欢鲑鱼。”他指着正在咀嚼熏鲑鱼肉干的卡洛斯说。卡洛斯这次在阿拉斯加的凯奇坎。

我向镇上走去，脑海里盘算着谁是嫌疑人。玩扑克牌时，你不仅要关注牌本身，或者那些显而易见的东西，而且还要关注所有其他玩家——他们是谁，他们在做什么，他们是怎么做的。奥爸说这叫“读牌桌”。而我此刻所做的，是在“读小镇”。

我在离开维尔纳家时，瞥见了那帮刻薄女孩。那个叫卡罗琳的女孩在跟埃里克说话：“妈妈说你又在外面待得太晚了，你有大麻烦了。”

“那我就瑟瑟发抖喽，妹妹。现在可是夏天。”他撞到我身上，把我的一袋小香肠打翻在地。“哦呵。”但他没有帮我捡起来，而是继续往前走。

他是故意的吗？我知道他对我有意见，但这些意见大——到——可——以——偷——走——一——只——熊吗？

“我以为你们华人只吃米饭。”当我匆忙捡起食物时，卡罗琳说。

我努力不让这件事惹恼我，我想起了莱莉的建议：“你也可以阻止她们。”

我站起来，直视卡罗琳：“你为什么要说这种话？”

她看起来很惊讶：“哦，你是华人，不对吗？”

“他们也吃别的食物，”另一个刻薄女孩大笑着插嘴道，“比如蛋卷。”

“这有什么好笑的？”

这两个刻薄女孩面露困惑。

“我们得走了。”卡罗琳说着，挽起另一个女孩的胳膊。

“和你们说话很有意思。”我在她们身后喊道。

现在，轮到我在大笑了。

## 第四十一章

其中一个纸儿子有回音了！哦，不是纸儿子，而是他的孙女。她的名字叫方林恩，她和丈夫与孩子仍然住在新泽西。方女士在电子邮件中说，她的祖父埃迪在20世纪30年代途经拉丝强斯。这意味着他可能得到了奥爸的父亲菲利普斯的帮助，甚至可能见过阿福。

艾米曾告诉我，美国纸儿子的历史分散在全国各地。她在邮件中写道：“把这些点联系起来很重要。”现在，加州、新泽西州和明尼苏达州连在一起了。

我给艾米写了回信，告诉她关于阿福的事，并问道：“这种情况还会发生吗？一个族群的人会因为他们的长相而成为攻击目标吗？”自从奥爸讲述阿福的故事以来，这件事就一直困扰着我。

我希望我的问题不会把她吓跑。

这是晚餐时间。伊娃给了我一个浆果派，让我带给奥爸。“我很高兴阿福把菜单改成了中餐，这可真好。”我把浆果派切成两半，“但我很担心他。在上回的故事中，他失踪了。如果你还不讲他究竟发生了什么事，我就撑不下去了。”

奥爸咬了一口派，心领神会地点点头。我看到他眼中闪烁着熟悉的光芒。“梅子，你想知道发生了什么事吗？好吧，让我来告诉你……”

## 返　回

1891 年

乐乐吓坏了：“要是阿福走到树林边，不小心淹死在湖里可怎么办？”其他人猜测说，他可能是去给一个在圣保罗开店的中国商人打工了。有个小女孩说她看见他上了火车，但是没有人把她的话当回事。

阿福重返旧金山，他发现这座城市变得更加庞大和壮观了。唐人街现在有两万多名居民挤在十二个紧凑的街区里，成了一个独立的小镇，有自己的商店、餐馆和法律。有几次，阿福看到菲利普斯太太出入于妇女促进会。

第一个星期，阿福待在唐人街，为他要做的事情积攒勇气。他离开中国已经有几十年了，离开加州也超过十五年了。在这里，周围都是华人，没有人盯着他看。不过，阿福还是不确定自己属于哪里。他回忆起自己和利伟的谈话，说等有钱后就回中国去照顾父母，但他的父母很久以前就去世了。阿福想念他的父母。他也怀念为菲利普斯夫妇工作的日子。他们那么信任他，雇用了他，给了他一个机会。

阿福站在菲利普斯夫妇宅邸门口，深呼吸了一下。如果他把要说的话搞砸了，那他可能会面临牢狱之灾，甚至情况更糟。一个身材娇小的年轻华人女子来开了宅邸的门。阿福不知道她会不会说英语，就用中文说道："我叫阿福，我是来见菲利普斯先生的。"他舌头打结，说得不太利索，他已经有好多年没说中文了。

年轻的女仆强忍住脸上的笑容，示意他在厨房等着。这里没有太大的变化，不过阿福很欣赏新装的电灯。

阿福第一次来这里时，穿着满是灰尘的铁路工作服，而这次，他身上穿着在唐人街量身定制的崭新的深灰色西装，脚上蹬着皮鞋，头戴一顶黑色圆顶硬礼帽。有几个仆人好奇地瞥了阿福一眼，他们不习惯看到跟自己同族的人穿着白人的高档职业装。

"阿福？！"

他以前的帮厨来了。两人拥抱在一起，但还没来得及说话，一位阿福不认识的白人管家就来告知："陈先生，菲利普斯先生现在要见你。"

阿福的心狂跳起来。他会受到怎样的对待？菲利普斯先生会报警吗？他已经这么做了吗？

# 第四十二章

奥妈现在留在家里陪奥爸。我离开时，两人都不说话。但与奥爸和维尔纳在一起的情形不同，两人都为有彼此的陪伴而喜悦。

阿福在拉丝强斯开心吗？当我靠近金宫的时候，我试着用阿福第一次下火车时的眼光去看它。我走进的不只是一栋房子——我感觉就像走进了一个故事。

玩扑克牌时，你拿到什么牌全靠机会和运气。阿福没有多少成功的机会，很多事情都对他不利。“不过，他工作越努力，就越幸运！”奥爸坚称。

这就是为什么奥妈在金宫工作那么努力，妈妈在工作上那么成功吗？如果我现在能在某件事上走运的话，那就是把布袋熊带回家。我成功的可能性会有多大呢？

懒狗睡在布袋熊曾经站立地方。黛西开始每天下午给它留一碗剩菜。在餐厅里，当“麦克白夫人”跟妈妈进行明尼苏达式的告别时，妈妈总试图安排一些顾客就座。这种告别方式就是：在离开前，和店主站在一起聊上二十分钟。

黛西在数她的小费：“我干得不错！”

“你会把钱花在什么地方？”

“你保证不笑？”黛西问道。我点点头。“我要存钱去学校攻读回收师学位，或者去考堆肥师证书。”

我压根儿不知道还有这种学位和证书。“那太好了！”

“真的吗？你这么认为吗？”黛西的脸涨得通红，“我爸爸总是说我不太聪明。他不是个好人。这就是为什么我不得不离开他，最后到了拉丝强斯。”

我抱着黛西说：“我很高兴你在这里。”

她紧紧地拥抱我。

黛西总是滔滔不绝地讲回收的事情。昨天她告诉我：“全世界每小时消耗一百多万个塑料瓶。”

她比自己以为的要聪明得多。

## 第四十三章

是谁偷走了布袋熊还是个谜。也可能是路过的游客，就像那些向阿福开枪却击中布袋熊的人一样。或者……也有可能是当地人，就像那些刻薄女孩或埃里克那样的。我在学校图书馆查阅这座小镇居民的资料，看能不能找到偷窃布袋熊的某种动机，无意中发现了一些有趣的记录。霍姆斯校长曾经是明尼阿波利斯理发店四重奏乐队的成员。伊娃的草莓派在明尼苏达州博览会上得过奖。从惠特洛克镇长的文章中，我了解到一头真正的牛重约一千磅，而一头用黄油做的牛重约六百磅。

我正要退出电脑登录系统，突然收到了一封艾米回复的邮件。我告诉了她布袋熊被绑架的事，问了她一堆问题。

梅子：

你好！

我能理解你为什么会对针对华人移民美国的法律感到困惑。

第二次世界大战期间，中国和美国处于同一阵营。如果美国禁止中国移民入境就会很尴尬，所以1943年《排华法案》被废除了。但即便如此，每年也只有大约一百名中国人获准进入美国。

到1965年，所有的限额制度都被废除。中国人终于可以全家一起进入美国了。尽管如此，许多纸儿子和他们的后代都担心，如果有人发现他们的过去，他们就会被遣送回中国。然而，今天的年轻一代正在努力寻找有关他们家庭的信息，想要了解他们的经历，将这些故事分享给大众，并加以宣扬。

梅子，你在邮件里说法律似乎不公平。我同意！法律的存在并不意味着它们就是正确的。我知道反移民的言论和反亚裔的犯罪非常可怕。这就是为什么有必要讨论这些问题。无论是过去还是现在，我们都不能假装没有坏事发生。我们需要面对这些问题，揭露问题并找到解决方案。听到布袋熊的遭遇，我很难过。是的，勒索信构成了仇恨犯罪。希望你能尽快找到布袋熊，还有那个留匿名信的懦夫。

艾米

又及：有问题请继续问吧。作为交换，我期待听到更多关于金宫和阿福的情况。

我给艾米的回信中提到了阿福的故事，并附上了一份纸儿子的名单，名字写在那些照片上和信件中。根据我的研究，我了解到人们用新的名字来匹配他们的移民身份资料。许多家庭跟亲人失去了联系，因为他们放弃了原有的名字和生活，为了获得另一个名字和新的生活。

想要找到曾经途经拉丝强斯的纸儿子们，难道是一个难以实现的白日梦吗？

回到家后，我问道：“奥爸，阿福为什么要回旧金山？当人们不能确定自己会不会受到欢迎时，为什么还要回到那里呢？”

当我们开车来拉丝强斯时，我们越靠近这里，妈妈就越用力地抓着方向盘。“你还好吗？”我问她。

“我想我们马上就会知道的。”她说。

奥爸把电视调成静音：“就像玩扑克牌一样，人们会权衡胜算，承担风险。他们想知道局势会走向何方。”

# 回　家

1891 年

菲利普斯先生的头发比以前更白了，但他脸上依旧挂着笑容。“阿福……真的是你吗？”

“见到你真高兴。”菲利普斯太太也说道。

“我有个请求，”阿福开始了他从逃离旧金山那天起就一直在练习的演讲，“我有件事要告诉你们——”

“在你说之前，我们先要告诉你一件事，”菲利普斯先生打断了他的话，“我们知道你没有偷我们的东西。”

阿福惊呆了：“你们知道？”

“是的。”菲利普斯太太说，“我们在詹金斯的房间里找到了怀表。那个警察还想卖掉我的耳环和其他珠宝。你能想象吗！”

阿福长呼一口气。他觉得自己好像在水下待了十五年，如今终于从水下探出头来。

“我们到处找你。你去哪儿了？”菲利普斯先生问。

“去了明尼苏达州。我在那里开了一家餐馆。”阿福自豪地说。

“那你是把餐馆卖了，回来找我们的！”菲利普斯先生看上去对自己的想法很笃定。

就在这时，那个华人女仆端进来一盘茶和糖果。她和阿福偷偷地瞄了对方一眼。

阿福不由分了心："对不起，您说什么？"

"给自己几周时间好好考虑一下，"菲利普斯先生建议道，"希望你能重新回到我们家。"

菲利普斯太太对他说："等你决定好了，请顺道来一趟。"

在接下来的两周里，阿福每天都来菲利普斯宅邸。他很难决定是留在拉丝强斯还是接受菲利普斯先生的提议。两周过后，他又坐上了火车，这趟旅行比他上次离开旧金山时的要愉快得多。这一次，阿福是在回家。

# 第四十四章

没有了布袋熊，金宫门口看起来空空荡荡的。每天早上，在我们开始搜寻之前，洛根都会在金宫和我碰头，然后我们一起继续搜寻。

“布袋熊，你在哪儿？！”我们呼喊着，不在乎被谁听到。事实上，我希望掳走它的人知道我们不会停止搜寻，直到它安全回家。

寻找一只木雕熊可能会让人筋疲力尽。我们到了本·富兰克林店门口，分享一份香蕉船甜品。洛根不吃水果和蔬菜，所以冰淇淋上面的香蕉、草莓、菠萝和马拉斯奇诺樱桃都归我了。

我拿出一份勒索信的副本。“字迹潦草。它说的是‘我们掳走了你的熊’，而不是‘我掳走了你的熊’。”

“所以你认为这是团伙作案？”洛根已经吃光了所有的巧克力冰淇淋，现在开始吃香草冰淇淋了。

“是的。再说了，布袋熊太大了，一个人抬不动。”我把樱桃放在一边，留到最后吃。伊娃总是多给我一些樱桃。“我觉得这是个恶作剧。如果真的是绑架，他们早就联系我们了。我希望有一种方法可以比对每个人的笔迹，然后——”

我话还没说完，洛根就跳了起来。“请愿书！如果我们有请愿书，就可以得到签名。”

“好主意！”我真希望我能想到这一点。“不过，为了什么而请愿呢？”

# 第四十五章

我躲在邮筒后面。如果写勒索信的人看到我，他们可能会明白我为什么要他们的签名。奥爸的双筒望远镜派上了用场。

黛西满眼噙着泪水。洛根每次都能用嘶哑的嗓音来强调同样的问题。“……如果没有我们的支持，无辜的灰狼可能会灭绝和死亡。”

我没有告诉他，如果它们灭绝了，就意味着它们已经死亡了。

黛西的钱包是用旧牛仔布做的软袋子。她签了名，然后递给洛根一张皱巴巴的五美元钞票。“为了拯救小狼。”

到目前为止，我们已经收集了十五个签名。本来会收集到更多，但有些人看到洛根朝他们跑去，就转身走了。当他在街上看到莱莉时，他叫住了她。

她毫不犹豫地在请愿书上签了名。莱莉问他：“我能帮什么忙吗？”洛根震惊得一时说不出话来。

我之前可能看错她了。我不再躲避她，因为她不是敌人。当我告诉莱莉关于勒索信的事时，她点点头，并补充说：“如果你直接提出请求，可能会有更多人愿意签署请愿书。”

就在这时，我听到有人在大声说话，我立即躲到邮筒后面。

洛根向埃里克挥了挥手，埃里克和一个男孩在一起，那男孩看起来很高兴能和埃里克成为一伙。

“救救灰狼！”洛根说。

埃里克抓起写字夹板，扔给了他的跟班。“我为什么要这么做？这是——”

他话还没说完，就有人喊道：“埃里克·菲斯克，别再欺负那个小男孩了！”

我把双筒望远镜对准一个正沿街走来的女人，她表情严肃，她的挎包有小手提箱那么大。

“嘿，妈妈。”埃里克挤出一个灿烂的微笑。

“菲斯克太太，你愿意帮助拯救灰狼吗？”莱莉问道。

洛根开始了他的演讲：“灰狼非常罕见，以至于其他狼都把它们视为皇室成员。”

菲斯克太太举起扇子扇扇风。“我崇敬王室，以及所有的盛况。”她告诉莱莉，而洛根还在说话。她签了字，把写字夹板递给埃里克。“你对小动物的爱心会得到重视，”菲斯克太太称赞莱莉，“你是我们小镇的光荣。”

“不客气！”他们离开时，洛根喊道。

我拿出那封勒索信，把它和那张请愿单做比较。埃里克的笔迹与之不符，其他人的也不符。

## 第四十六章

我努力用一块硬纸板把烟驱散。维尔纳店里厨房的通风口实在是太小了。

“德国人是明尼苏达州最大的移民群体。”维尔纳的小香肠总是烤得很好，咬下去时会发出“啪”的一声响。“每年夏天，当我母亲去老家看望我的奥爸、奥妈时，她都会给我带一个这样的东西回来。”他指指架子上一个个紧挨着的雪花玻璃球。

我仔细看一个玻璃球里的画，画的是一对跳舞的猪。“那是你奥爸小时候的最爱，”维尔纳说，“他拿走过一次，但他妈妈发现后，就把他拎过来，要他认错。”

我开始大笑。这并不令我惊讶。

“你也叫你的外祖父母奥爸和奥妈吗？”我问，“那不是中国人用的称呼吗？”

“实际上，那是德语的用法。”维尔纳抬起他那引人注目的大鼻子，像懒狗一样嗅着气味。“黑豆鱼片！”

这两位老人开始对饭菜提出专门的要求。维尔纳特别喜欢金宫的美味菜肴。“我从来没有吃到过我不喜欢的辣椒。”他说。

奥爸最喜欢的是德国香肠配烤洋葱、大块棕色芥末和酸菜。尽管他再也吃不下一整份，但当我带回家的时候，他还是很喜欢。我觉得自己像个送货员。我不介意这个身份。当维尔纳今天打开他的幸运饼干时，他会看到：要享受美味的食物和美好的友谊。

奥爸也会得到同样的幸运签语。

维尔纳没有掳走布袋熊。这一点我早就知道。

回到家，我问：“‘奥爸’是中国人对外祖父的称呼吗？”

奥爸摇了摇头，说：“不，它是德语中的称呼，也是荷兰语中的称呼。在汉语中，‘外祖父’称为‘公公’，‘外祖母’称为‘婆婆’。”

“那你和奥妈为什么叫‘奥爸’和‘奥妈’呢？”

“我出生时，是由一位德国助产士接生的。当她把新任的祖父母称为奥爸和奥妈时，阿福欣然接受了，他以为这是美国人对爷爷和奶奶，以及外公和外婆的称呼。”

我点点头，咬了一口我的小香肠。“说到阿福，”我说，“他离开旧金山、回到拉丝强斯后，又经历了什么？”

## 大新闻

1891 年

这个消息在拉丝强斯迅速传播开来。阿福回来了！金栏餐厅外面的牌子上写着：今天供应午餐。正午时分，阿福打开了门。

“阿福！”乐乐激动得流下了眼泪，“你还活着！”

“欢迎回来！”“我们想念你。”人们的欢呼声和问候声让阿福备感温暖。

“回到家真好。”他犹豫了一下，然后清了清嗓子，准备宣布一件大事，“我想让你们见见我的新合作伙伴！”

人们难以置信地盯着他。

“这是露露，”阿福笑着说，“她是我的新娘。”

这个华人女子站在高大的布袋熊旁边，看上去娇小玲珑。但很快，小镇的人都体会了她那温和的个性和善良的内心。

餐厅生意兴隆。顾客们来用餐，也都留下来和露露聊天。她总是抽出时间倾听顾客们的故事，让每个人都有宾至如归的感觉。

阿福很高兴有露露在他身边，但他担心拉丝强斯远不如旧金山那么迷人。这对新婚夫妇甚至还没来得及度蜜月。

“我很抱歉。”

“为什么？”露露在擦地板。

“因为我让你离开了旧金山，还让你为这个餐厅日夜操劳。”阿福感到很惭愧，“金栏餐厅完全比不上菲利普斯宅邸。”

露露站了起来：“你说得对。这是无法相提并论的。这不是豪宅。”

阿福看起来很痛苦，直到他的妻子握住他的手说：“这是一座宫殿，这里的一切都属于我们。”

一星期后，“金栏”的招牌被撤了下来，换上了一块新的招牌，上面写着：“金宫”。

# 第四十七章

“商业广告就像三十秒的故事，在我制作的那些故事里，食物是主角。”妈妈告诉奥爸。

在我出门之前，我听到她在描述怎样在每一层煎饼下面塞上硬纸板以防它们塌陷。

奥爸说：“你可真狡猾，夏洛特！”妈妈兴奋的样子就像刚获得了最佳黄油牛制作奖。

因为妈妈今天要陪奥爸，所以我就去餐馆帮忙。在我进餐馆之前，我面对着原本应该站立着布袋熊的那块空地，抬头看了看餐馆招牌。你可以看出它已刷过很多回漆，虽然颜色变了，但“金宫”的名字依然如故。

在厨房里，黛西把小白菜焯水，用蚝油煸炒。

“我喜欢你的耳环。”我告诉她。它们是用小瓶盖做成的。

黛西心不在焉地摸着它们：“超过 80% 的床垫可以回收。”她说。

在办公室里，我向照片上的纸儿子们问好。来自新泽西的方林恩给我发了电子邮件，告诉我她在追寻祖先的生活轨迹。她了解到，祖父方埃迪在拉丝强斯度过一个夏天之后，踏上了去纽约的旅程，他在纽约的一家中餐馆干活。最后，埃迪开了一家点心店。“我认为他对餐饮业的热爱是受到阿福的感染。”她写道。

艾米说她在网上发布了一个关于“拉丝强斯纸儿子”的调查，引起了一些人的兴趣。她会先查阅那些评论，然后再转发给我。也许我也能帮助别人把这些线索联系起来。

当我踱进餐馆时，奥妈正在和“麦克白夫人”聊天。旁边，霍姆斯校长在享用他的面条。这时，几个孩子跑过去问他T恤上印着的戴墨镜的树懒的事。他们七嘴八舌说个不停，直到父母把他们叫回餐桌。

有一天晚上，我问妈妈：“你觉得霍姆斯校长怎么样？”

“我爱他。”她毫不犹豫地说。

“爱”是一个很有分量的词。我想到了奥爸和奥妈。

奥爸膝盖上的彩色毯子是维尔纳的妻子以前做的。维尔纳告诉我：“德洛丽丝为一匹马织毛衣的事情，轰轰烈烈地登上了《明尼苏达众知》杂志。”

维尔纳身材高大，声音洪亮，但当他谈到他的妻子时，语气顿时就会变得温和。奥爸和奥妈总是拌嘴，但你可以看出他们彼此相爱。我想知道妈妈是否曾经有过一个像这样爱她的人。她以前有过一个男朋友，他开着一辆时尚跑车，叫我梅子小姐，还有一个男朋友总是吃薄荷糖。但我见过的唯一能让她真心付出、乐于相处的男人是霍姆斯校长。

# 第四十八章

妈妈在清理冰箱，里面有很多剩菜，因为奥爸吃得不多。在电视上，卡洛斯在阿肯色的阿特金斯分发油炸泡菜。奥妈蜷缩在沙发上，看上去很瘦小。奥爸坐在她旁边的轮椅上。当他们切换到广告时，奥爸顿时振奋起来：“夏洛特的炸薯条！”

当金色的炸薯条在慢镜头中倒下时，妈妈无法掩饰她的喜悦。一层薄薄的盐像新鲜的冬雪一样飘落下来。当镜头转到薯条上时，音乐响起，薯条被精心地放入一个熟悉的带有金色拱门的红纸盒里。

奥爸鼓掌喝彩，我也跟着欢呼，但是奥妈摇了摇头：“你上了大学，最后却去做假食物？”

妈妈的脸色僵硬起来：“我学的是电影专业。食品造型师需要了解灯光、相机角度和颜色。我曾为六位克里奥广告奖[①]得主工作过！”

① 克里奥广告奖（Clio Award）是世界上历史最悠久、规模最大、最富盛誉的国际性广告大奖赛。每年 5 月在迈阿密南滩进行颁奖。奖项包括电视广播奖、平面海报奖和包装设计奖、互动广告奖。

“这就像奥斯卡金像奖，只不过是广告奖。”我告诉奥爸。

“原来是这样。”奥妈不情愿地承认道，“我喜欢大学。”她不无伤感地补充道。

“奥妈，你上过大学？”这让我很吃惊。

“那你以为我是从哪儿找到他的呢？”她指着奥爸说。

“那个爱发牢骚的女士是除我之外仅有的一个华人学生。”他向奥妈示意，“每个人都试图让我们在一起，但她甚至拒绝看我一眼。她就是这么固执！”

“那你们最终是怎么在一起的？”我问。妈妈看起来也很感兴趣。

现在，奥爸指着自己。“这张脸让人无法抗拒！你奥妈把她那高傲的鼻子从空中抬起来，仔细看了看我英俊的脸，就开始追我。”

我等着奥妈否认，但她却说：“千真万确！看看他，到现在还是那么帅。我们一毕业就结婚了，当时打算去夏威夷度蜜月。”

他们互相微笑着凝视对方。这时，我眼中所见的不是一个坐在轮椅上的生病的老头，也不是一个为他担心的疲惫的老太，而是在海滩上欣赏落日的一对年轻夫妇。

奥爸伸手去握奥妈的手。当他们牵起手时，他的手就不再发抖。“可惜我们从没去过夏威夷。”他脸上露出遗憾的神色，“因为我父亲在我们的婚礼后突发心脏病去世了。”

奥妈点点头：“我们没有去夏威夷，而是去了金宫度蜜月。”

自从我来到这里，这是我第一次看到奥爸很痛苦的样子。“我一直深感非常对不起你。”

“可我一点儿都不觉得遗憾。”奥妈坚持说，紧握着他的手。

泪水从她的眼睛里夺眶而出，我和妈妈无助地面面相觑。我从没见奥妈哭过。

“老太太，别哭了！”奥爸命令道，“眼泪还是留给我的葬礼吧！”

奥妈用手背擦了擦脸。“你有时真让我生气，”她发狠地说，“不准说那样的话。”

他却开玩笑说：“如果你现在把眼泪都流光了，等我死后被埋葬的时候，你就没有眼泪了。”

“这一点都不好笑。”奥妈一边说，一边移开了目光。

## 第四十九章

今天是星期一。那个“吵闹之家”又来了。这家的妈妈显然已经筋疲力尽了。所有当妈妈的都是这样的吗？我知道她喜欢我们的蛋卷，所以我免费多给她带了一个。这时，我看到我妈妈在迎接霍姆斯校长，他今天的 T 恤上写着：书太多，而时间太少。

“今天要宫保虾仁吗？”

“你很了解我，夏尔[1]。”

他们之间悄悄掠过一丝微笑，但被我发现了。我知道他永远不会偷走布袋熊，也不会做任何让我妈妈不高兴的事。

妈妈压低了声音。他们在说什么悄悄话？我站在拐角处偷听。

“我不确定是否能做到——”

他没那么坏。不过他们也不能太来真格的，不然我们就会被困在拉丝强斯了。我想知道我能不能说服霍姆斯校长搬去洛杉矶。

后来，我问奥妈：“妈妈和霍姆斯校长是怎么回事？”

“他们从小就是最好的朋友。”她抓一把花生扔进炒菜里。

我给霍姆斯校长点的菜里多放了四只虾。“你觉得他怎么样？”

“谁，格伦？他就像我们的家人。”大蒜嗞嗞作响，虾由灰变白。“他在成长过程中，经历了一段艰难的时期。我觉得他跟我和你奥爸相处得比他跟自己的父母还要好。”

在办公室的打字机上，我打了一些幸运签语，比如：欢迎朋友和家人随时光临。

我把米饭盛进碗里，用勺子的背面把它压实，然后把它

① 夏尔是夏洛特的昵称。

倒扣在盘子里。当我把碗拿起来时，就出现了完美的圆形米饭。我把幸运饼干放在虾和一碗馄饨汤旁边。

“我们的顾客都很喜欢你的幸运签语。”奥妈对我眨了眨眼说。

我也笑了笑，端起盘子。“你觉得霍姆斯校长和妈妈会在一起吗？你知道，比如约会之类的？”

奥妈沉默了一会儿,她的声音变柔和了。“我不这么认为。他们是最好的朋友，现在又久别重逢了，彼此很享受在一起的时光。”

现在是不是可以趁机问她关于另一对昔日密友的情况？这几个月来，我一直在猜想奥爸和维尔纳先生之间究竟有什么过节。

我正要提起时，芬恩——洛根送过蚯蚓的那个小男孩，冲进餐厅，手里挥舞着传单。

“梅子，我找到它了！我找到布袋熊了——”

我拼命跟上芬恩奔跑的步伐。懒狗加入我们的队伍，这让我很惊讶。我们三个奔向火车站。洛根在许愿井旁。

“布袋熊在树林里！”芬恩对他喊道。

等芬恩终于慢下来时，我们都跑得气喘吁吁。我们周围都是树木，没有熊的踪迹。“在哪里？”我问。

“布袋熊刚才还在这儿！”芬恩的样子看起来很不确定。

“到底在哪里？”洛根紧接着问道，“我们已经在这个地方找了几十遍了。”

芬恩记不起他见到布袋熊的确切地点了。我们一遍又一遍地查看了同一地方。

“也许我们该回去了。”我告诉芬恩。天开始黑了。“布袋熊不在这儿。”

“不，等等，我知道它就在附近。”他一口咬定，“我刚才看见它了！”

“梅子说得对。”洛根看着我补充道。我知道我们都认为芬恩没看见布袋熊。

我只是在这里浪费了几个小时，正要离开的时候，懒狗忽然吠叫了起来。芬恩喘着粗气。点点金光从我们身边掠过。我们跟着萤火虫走。就在小路边上，我看见了那只木雕熊。

“布袋熊！”我跌跌撞撞地跑下坡，膝盖擦破了皮。“你还好吗？”我问。我不敢相信我竟然在哭。

布袋熊仰面朝天，好像在打盹。它的左爪有一部分断了，但其他部分看起来完好无损。我注意到它肩膀上有两个小洞，胸口上有一个。当年枪击阿福的一颗子弹还留在其中一个洞里。

“是布袋熊！我们找到布袋熊啦！”洛根喊道。

“瞧瞧，我就说吧！”芬恩喊道，“我很擅长找东西。有一次我在垃圾桶里找到了我叔叔的假牙，还得到了奖励，对吧？”

# 第五十章

我第一个告诉的是奥爸。“布袋熊万岁！”他欢呼着，把手里的柠檬水举到空中。

我很久没见他这么开心了。我们的运气在飙升。

“梅子，你肯定明天早上还能找到它吗？”奥爸问道。

我点点头：“我一路上留下了一串扑克牌筹码，就像亨赛尔和格蕾特[①]那样！”

奥爸笑着说：“人们认为猫有九条命，但他们不知道熊也有九条命。”

我要报告的下一站是餐馆。奥妈喜出望外。黛西高兴得哭了起来。霍姆斯校长说他能修好布袋熊的爪子。伊娃说她开卡车去运。妈妈向我保证：“我们天亮后第一件事就是去接布袋熊。我保证！”

① 亨赛尔和格蕾特是格林童话中的人物，小兄妹俩被狠心的父亲抛弃在树林里，哥哥一路撒面包屑做记号，以便寻路回家。

我在餐厅里来回走动，惠特洛克镇长示意我到他的桌子旁。他看起来有点烦恼：“我没听错吧？你找到布袋熊了？！”

“麦克白夫人”一边听着，一边慢悠悠地喝着茶。

“是的，所以我猜你对我的采访没有用了。”

“这是一篇很有分量的文章，甚至可以获奖。不过，如果布袋熊还没有找到，它会更有冲击力。”惠特洛克镇长说。与其说是在对我说话，不如说是在自言自语。“还有几天才到交稿日期，所以我还有时间重写结局。梅子，你查出是谁留的勒索信了吗？”

我摇了摇头。偷窃之人还逍遥法外。我在布袋熊附近看到一个威士忌酒瓶。也许这是条线索？

早上，门口围拢了一群人。洛根喊道：“大家退后，我们要去救布袋熊！”

芬恩戳了戳我，小声说：“告诉他们是我发现了那只熊！”

五金店老板带了一根绳子，把布袋熊吊起来，另外几个人——包括妈妈、维尔纳和霍姆斯校长，把布袋熊抬到河堤上伊娃的卡车上，而惠特洛克镇长则在一旁拍照。埃里克和他的跟班以及刻薄女孩们也都来了，还有一些我不认识的人。莱莉向我挥手。

车子沿着主街开了一小段路，伊娃把车停在金宫门口，

奥妈和奥爸正在门外等着。这是奥爸一周以来第一次出门。

“布袋熊！”黛西喊着，跳上跳下。

当布袋熊回到属于它的金宫门前时，大家都欢呼起来。奥爸转过轮椅，拍了拍熊爪。

奥妈清理了布袋身上的污垢和树叶。懒狗蜷缩在熊旁边，好像在保护它。

“我现在可以得到奖励了吗？”芬恩急切地问，“梅子说我可以在这里免费吃一个星期！”

奥妈点点头说：“你想吃什么都行。”

“把我推进餐馆，”奥爸告诉芬恩，“我们为你准备你一生中最豪华的盛宴！”

奥爸心情大好，看来他什么都会同意。“今晚可以继续讲阿福的故事吗？”我问。

“那还用说！”奥爸一口答应。

今天真是美好的一天。

## 纸儿子

1905 年

一周七天，阿福和露露没日没夜地工作。火车停在拉丝强斯，对旅客们来说，金宫饭店是一个理想之地，他们可以在这里吃一顿美味佳肴。不过，在火车站下车的不仅仅是白人。

当阿福在旧金山唐人街的时候，大多数人甚至无法想象在美国中部地区会有一家中餐馆。尽管如此，他们对阿福仍然印象深刻。那时，这个来自中国广东的男孩已经在美国生活了三十多年。

《排华法案》仍然阻止华人移民成为美国公民。然而，许多人购买了相关文件，宣称他们是美国公民的儿子，因此被授予了公民身份。

阿福不是纸儿子。他是在排外法律颁布之前来到美国的，但他从未忘记自己刚来的时候有多艰难。他告诉其他移民："如果你在明尼苏达州需要帮助，哪怕只是想要吃一顿美餐，就来找我。"

随着铁路线逐渐遍布全国，越来越多的纸儿子敲开了金宫饭店的后门。在华人社区里流传着这样一个说法：在美国的中部地区有一个华人，他欢迎陌生人，而且不刨根问底。露露曾经受惠于菲利普斯太太的帮助，决心也为他人做同样的事情。“虽然我们才刚认识，但你们既然来到了这里，就是我们的家人。”她告诉这些非亲非故的不速之客。

那时，陈氏一家住在金宫饭店附近的一所小房子里。餐馆的厨房外是一间办公室，来客们被安排睡在那里。在那里，露露开始把来访者的照片和留言贴出来。有些人在这里住了几个晚上。还有一些人待了一个星期左右，甚至待了几个月。大家都在厨房工作，小心翼翼地不被别人看见，否则阿福和露露可能会有麻烦。毕竟，那时对华人的仇恨仍然高涨。

其实，得到金宫饭店主人帮助的不仅是中国移民。露露对当地居民也施以援手，把食物送给有需要的寡妇和贫困的家庭。有些人称赞她为“天使”，但并非所有人都这么友善。

“滚回中国去。”他们嚷道。

布袋熊不止一次地被推倒过。

一个夜晚，阿福和露露在辛劳了一天之后刚睡下，就听到有人在重重地敲他们住所的大门。敲门的那个是一直为他们工作的纸儿子。“着火了！”他用中国话喊道。

居民救火队再次集合起来去灭火。只是这一次，损失比以前惨重得多。

“这是故意纵火。”第二天早上，斯温警长看着被烧焦的金宫的墙壁和家具，下了定论。

阿福不敢相信这种事又一次发生了。“也许我们应该回旧金山，”他的语气很沮丧，“我们可以为菲利普斯家工作——甚至也可以回中国去。”

“回中国？”露露惊呆了，“我是美国人。我连中文都不会说！”

阿福指了指还在缓慢燃烧的一堆木头：“但是，你看看这些。”

“如果我们离开，只敢偷偷纵火的懦夫反倒会赢。”露露反驳道，“更何况，以后我们怎么告诉我们的孩子呢？”

阿福满脸困惑：“我们的孩子？”

露露把手放在肚子上，笑了起来。这是她唯一一次看到阿福惊喜得连话都说不出来。

# 第五十一章

黛西很紧张。她负责卷香蕉叶。

“你在猪肉中间加一点咸鱼，然后像这样包起来，”奥妈边说边示范，“我们之所以用香蕉叶，是因为我们没有芋头叶。”

虽然劳劳①是给晚餐准备的菜肴，但它需要蒸好几个小时。这给了我们足够的时间，把金宫改造成类似夏威夷天堂般的地方。

妈妈在每张桌子上放上散发着海洋香味的蜡烛，又在蜡烛周围撒上贝壳。我在钓鱼背心的口袋里也放了几个。我挂上了一串串闪烁的小灯——它们让我想起了萤火虫。“你们常会办这样的活动？”我问道。

奥妈走过来，捧着一抱五颜六色的花环。“我们不能去夏威夷度蜜月，所以我们每年都会把夏威夷带到这里来庆祝我们的结婚纪念日。”

这倒提醒了我，我跑到办公室去拿奥爸订的花。

---

① 劳劳（laulau）是一种夏威夷传统美食，通常将猪肉、鱼或鸡肉包裹在芋头叶或菠菜叶中，然后用蒸汽烹饪。

奥妈佯装出生气的样子，但我一眼就看出，她其实很兴奋。

“每年，他在这些东西上花的钱太多了！”她慢慢地打开盒子。

“来，让我帮你。”妈妈说着把紫白相间的夏威夷花环戴在奥妈脖子上。

我们三个停下来，闻一闻兰花甜美的芬芳。黛西的喊声打破了这份宁馨：“鲑鱼要烧多久？”

顿时，奥妈冲进了厨房。番茄丁和洋葱丁已经准备好，可以加到小块的生鲑鱼上。“罗米罗米是生吃的，就像寿司一样。”她说着，领着黛西从炉子旁走开。

家里，奥爸正在等我。他穿着夏威夷衬衫，穿得跟从前一样。“请带我去见我的新娘！”他命令道。奥爸按道理不应该外出，但今晚，他得到了医生的特许。

布袋熊回来好几天了。它脖子上挂着一摞花环，两只胳膊上也挂着几个，站在那里迎接我们。奥妈做的一个牌子上写着：欢迎参加夏威夷之夜——花环请自取。

奥爸拿了三个。我拿了两个。

餐厅里，桌上闪烁的灯光和烛光使整个房间看起来犹如仙境。电唱机里放着一张唱片，一个男人在唱一首关于“小泡泡”的夏威夷歌曲。

奥妈来到奥爸身边：“阿罗哈！”[1]她把一个树叶做成的花环套在他的脖子上，叠加在了他的纸花环上。

妈妈端出一个大拼盘，里面有劳劳和芋泥，这道菜看起来和紫色布丁一样。当她把罗米罗米放在奥爸面前时，黛西急忙走出厨房，解释说：“不是我忘记煮了。它本来就应该是生吃的，就像寿司一样。”

她快回到厨房时，奥爸喊道：“黛西，停步！”

她战战兢兢地面对奥爸，奥爸指着罗米罗米。“醇香妙味！”他宣布道，黛西大大地松了口气。

奥妈热情地说着“欢迎光临夏威夷之夜”，迎接所有的顾客。霍姆斯校长穿着一件复古的《飞屋环游记》T 恤，“麦克白夫人”的裙子上印有节日花朵的图案。大家都祝奥爸和奥妈结婚纪念日快乐。

现在，专辑封面上的男主角唐霍[2]正在唱歌：“甜蜜的阿罗哈……我会爱你比永远更长久……”

妈妈向我吐露道：“在我小时候，每年他们都会在餐厅中央伴着这首歌跳舞。那让我觉得很尴尬。”她摇了摇头，“但我希望他们现在还能跳舞。”

我不假思索地冲过去，对奥爸耳语一番，又对奥妈一阵

① “阿罗哈”是夏威夷问候语，意思是“你好”。

② 唐霍是一位颇负盛名的夏威夷本土歌手。

耳语。妈妈看到我的举动，就抬起电唱机的指针，让歌曲再从头开始播放。奥妈坐在奥爸的腿上，我慢悠悠地推着奥爸坐的轮椅转圈圈，唐霍为他们唱着“夏威夷婚礼之歌”。

## 第五十二章

奥爸一直在洗牌。他已经不像他们结婚纪念日晚上那样精力充沛了。当一副牌从他手中掉落时，我们都笑了，权当他是故意的。“这就是我们所说的‘拾取五十二张牌’，”他开玩笑说，“现在地板上有五十二张牌等你去捡起来！”

真不敢相信有些牌飞了这么远。“一定要把每张牌都找到。”奥爸说，“不然，这会是一副搞砸的牌。”

“那是什么？”当我把手伸到沙发下面时，除了一张黑桃A，我还发现了一个高尔夫球和一个半空的烟盒。

“搞砸的牌就是牌出了问题，比如有些牌不见了。”奥爸盯着香烟说，“那不是我的。不管怎么说，如果你的牌搞砸了，你就无法玩真正的扑克牌。”

在收集完五十二张牌之后，我把小香肠从袋子里拿了出来。奥爸开始吃我给自己买的三倍超辣小香肠，我突然想起来他不能再吃辣了，那会让他生病的。“奥爸！”

“怎么了？”他嘴里塞满了东西，问道。

奥爸是不会承认的，但他的味蕾肯定失灵了。妈妈说这种情况常发生在老年人身上。我拿走那个辣香肠，在他面前放了一碗馄饨汤。“维尔纳是不是指责你玩扑克牌作弊？”

他立刻摆出一副扑克脸：“谁告诉你的？”

“奥妈。”

奥爸拿起中国陶瓷汤勺，勺子中心印了一朵蓝花。他一边搅拌着汤，一边思考着我的问题，就像他刚刚拿到了新牌一样。

“维尔纳的想法和实际情况可能是两回事。”他的手抖了一下，把汤洒了出来。

我一言不发地把勺子换成了味道温和一些的小香肠面包。它足够大，足够软，所以奥爸可以抓住它。“那么，你作弊了吗？”

“就算我作弊了又怎样？”奥爸看到我脸上震惊的表情反而很兴奋，“我只有死了才会承认！再说了，也仅仅是那么一次，可他却这么小题大做。”

维尔纳来了。看到奥爸时，他本来就很悲伤的脸上显得更加悲伤。这两个曾经最要好的朋友沉默地看着电视里的卡洛斯——他周围是来自马萨诸塞州北安普顿的大学生们。

“表皮很脆！”卡洛斯举起馅饼。大学生们像在看足球比赛一样欢呼。“柠檬香气扑鼻！”欢呼声更加热烈了。“蛋白霜非常甜！这是一个……”

激动的情绪不断膨胀，大学生们、奥爸和维尔纳都和卡洛斯一起喊着“醇香妙味”。奥爸和维尔纳无意中都朝着对方笑了笑，然后才想起他们是不共戴天的仇敌。

## 第五十三章

芬恩找到布袋熊已经快有一周了。对于这么一个瘦小的孩子来说，他在金宫点的食物实在是过量了，据此看来，他可能在家吃不饱。

“谢谢陈太太。”当奥妈给他一大袋食物带走时，芬恩说。

“我们又一不小心做了太多食物。”她解释说。

我和洛根正要去火车站，看见一群少年从本·富兰克林店里一拥而出。我认出了埃里克，赶紧把洛根推到门边躲起来。

“你干什么？！”他问。

我示意他看那群少年。

“午夜去教堂碰头。”埃里克命令他的朋友们，“不去就是懦夫！”

“盯紧你的对手。”奥爸总是这么告诫我。

“那些大声嚷嚷的人往往是在掩饰他们手上的烂牌。”

“也许我们还会再去看望一下我们的好伙计。”埃里克说，他的那个跟班点了点头。

洛根开始抱怨，我用胳膊肘捅捅他。

“罪犯总是会回到犯罪现场，”我低声说，“我想埃里克今晚又要对布袋熊做点什么了！”

“他的笔迹和勒索信上的不同。”洛根提醒我。

“也许是那帮人中的某一个写的。”我说，看着他们沿主街走去。

现在是晚上 11 点半。洛根胆子太小，不敢溜出门，所以我一个人去。我穿上了奥爸的钓鱼背心。我把妈妈的旧宝丽来相机装在一个大口袋里，还有闪光灯、双筒望远镜和其他用品。

除了电视里的卡洛斯，家里人都睡着了。“我们在加州奥克兰的一个亚洲市场。”卡洛斯举着一个看起来很危险的多刺水果，“榴梿气味刺鼻，新加坡禁止在公共交通工具上携带它……”

街道上空无一人。蟋蟀在唧唧吟唱。懒狗小跑着，嗅嗅这儿，嗅嗅那儿。它在晚上看起来反倒不那么懒了。老式街灯照亮了主街，我躲在阴影里。金宫就在前面的拐角处。我能辨认出布袋熊的身影。

深夜 11 点 45 分。我是第一个到教堂的。这里有点阴森可怕。我很容易地就从大楼一侧不平整的木楼梯下钻进去。人小也有好处。

12 点 08 分，一阵低低的窃窃私语朝我的方向飘来。随着声音越来越大，越来越兴奋，我整个身体也都紧张起来。男孩们笑着，互相让对方闭嘴。那个跟班拿着一个棕色纸袋。

“让我们开始派对狂欢吧！”埃里克命令道。

他们的队伍从我身边蜿蜒而过，但他们看不见我。然后，我以十足的间谍模式跟在他们后面，像猫一样悄无声息。

月光把他们的影子拉得很长。我暂时不想拍照。我只有一次机会，因为闪光灯会将我暴露。拍一张照片就溜，这是我的计划。那我就有证据在手！

他们的声音在黑暗中显得更响。“我喝了第一口，谁想喝第二口？”

是在喝酒吗？

我调试双筒望远镜。

“伟大的威士忌！”埃里克赞赏地吹了一声口哨。

威士忌？！我们找到布袋熊时，发现旁边有一个威士忌酒瓶。我向后靠，躲在阴影里。男孩们在继续传递酒瓶，我坐下来准备度过一个漫漫长夜。

两个小时后，他们就变成了一群愚蠢的醉酒少年。他们像蹒跚学步的孩子一样跌跌撞撞地穿过小镇。当他们分开时，我想每个人都会回到自己家中。我疲惫不堪，迫不及待地要上床睡觉了。

我快走到金宫时，忽然听到了喊叫声。一瞬间，我完全清醒了，根本没有时间去害怕。我跑得比我想象的要快。就在那里！在布袋熊站着的地方，我看到阴影里有个人影。当我伸手去拿宝丽来相机时，我的手簌簌发抖。我瞄准目标并按下了快门。就那么一瞬间，闪光灯照亮了布袋熊旁边的人。

"嘿！"

"是你？"当相机吐出一张照片时，我惊呆了。

## 第五十四章

我无法阻止身体的颤抖。

"梅子？！"

妈妈一脸震惊地问："你知道现在几点了吗？你还好吗？你为什么要逃走？你刚才给我拍照了吗？"

她的问题纷至沓来，而我所能做的，只是呆呆地盯着布袋熊。

有人在它身上写了"中国佬！"。

我突然感到无比愤怒、害怕，还有困惑。

"妈妈？"我感觉想吐。她拿着的笔刷在滴着黄漆。我伸手一指，声音发抖，“这是你干的吗？”

“干的什么？”当她看到布袋熊身上的涂鸦时，也吓了一跳。“不！”妈妈像碰到火一样把笔刷扔掉。“亏你问得出这样的问题！我当时正在找你，当我看到有人……我就大喊：‘站住！’他扔下这个就跑了。”

地上有一罐打开的油漆。

我如释重负，但几秒钟后，肾上腺素激增，我几乎失去了平衡。“是谁干的？”我一把抓住妈妈的胳膊，“快，我们去追！他不可能跑太远——”

“陈梅子！”她一动不动，“我没看清那人是谁。就算我知道，我们也不能在黑暗中到处乱跑。太不安全了。另外，你得解释一下你为什么夜里跑出来。”

## 第五十五章

昨晚妈妈非常生气。她给我做了一场没完没了的安全演讲。接着，奥妈加入进来，开始说教——然后，又是妈妈上阵。就这样来来回回，好像永远不会结束。即使我道歉了约有一百遍，但是我怀疑她俩谁都没听到我说的话。我因为偷溜出去而被禁足，只允许去金宫或者和奥爸待在一起。现在，奥妈在家陪奥爸。发生在布袋熊身上的事情，让他们很烦心，尽管他们都不愿承认。

我的钓鱼背心上沾了黄色。我曾试图用它去擦掉布袋熊上面的油漆涂鸦，不但没擦掉，反而让背心也染上了污迹。霍姆斯校长带来溶剂，清洗掉了油漆。到了午餐时间，这个词从布袋熊身上消失了，但在我的记忆里却没有消失。

惠特洛克镇长正在往茶里加糖。“谁能想到在拉丝强斯会发生这样的事情？”当我从他身边走过时，他对我说。

我们都知道他在说什么。

“不是我干的。”他说的就是这个意思。

我回到厨房，黛西在打量着镇长。她朝他走去，转了很多圈，看起来像在跳舞。

“我想和他谈谈回收的事，”黛西穿着她用米袋做的裙，戴着象征福气的纽扣项链，“但是他的样子看起来挺吓人。”

我偷看了一眼惠特洛克镇长，他刚刚把一张餐巾纸蘸到水里，正试图擦去洒在衬衫上的茶。

“梅子，我该怎么办？”

我递给她一块幸运饼干。

她看了看那张纸条，点点头，挺起胸膛，走进餐厅。

我听不见他们说话，但过了几分钟，黛西跳着华尔兹回到厨房，脸涨得通红。“我的幸运饼干告诉我要碰碰运气。于是我照做了……惠特洛克镇长答应考虑一下拉丝强斯的回收项目！”

有时候，人需要的只是一点点鼓励。

# 第五十六章

我和奥爸一起吃午饭时，我终于用筷子夹起了一粒米。

“你现在是一个真正的中国女孩了。”奥爸祝贺我，接着就把满满一碗米饭推到我面前。“这是我答应奖赏你的礼物！”

“奥爸！”我叫道。开怀大笑的感觉让我通体舒畅，可以不去想写在布袋熊身上的仇恨言论。

卡洛斯在一家法国小酒馆准备吃蜗牛。“那些是蜗牛，”奥爸指着电视说，“嘿，卡洛斯请慢用！”

“为什么他们都是男性？”我问。这个问题已经困扰了我很久。

“蜗牛？”

“我说的是办公室墙上的照片。有纸女儿吗？”

奥爸把电视音量调小。“那个时代，人们希望女人留在中国，照顾她们的公婆。”

我记得阿福的伯伯说过，女孩没有男孩值钱。这让我很生气！“我们在学校里学到一个知识：直到一百年前，美国女性才开始有了投票权。为什么世界会这么错乱？”

他摇了摇头，说：“我希望我也能知道原因。你知道，华裔美国人直到 1943 年才有投票权。这意味着阿福第一次投票时已经九十岁了。”

“所以，华人女性在美国的处境会更加艰难吗？”

“可以这么说。有些妇女是在她们的丈夫已经有经济保障后才过来的。很少有人是自己来的。那会非常危险。但如果仔细看，你会发现墙上有一个勇敢的纸女儿。”

是吗？这不可能。我记住了所有的面孔，而且都是男性。

奥爸的神情告诉我，他要继续给我讲阿福的故事了。只不过，这个故事不是关于我外公的爷爷……

## 纸儿子?

1935 年

在我出生前，有个年轻人来金宫饭店工作了几个星期。我的母亲安娜回忆说，他那柔和的容貌和光洁的脸庞，看起来像个孩子模样。我的父亲菲利普斯说，这个小伙子能模仿任何人，他总能逗他们开心。

他的名字叫李剑，他途经这里，准备去西海岸。在那个时代，一些纸儿子去了东海岸，另一些人去了西海岸。不管怎样，有些人在旅途中会经过明尼苏达州。

有天深夜下班后，母亲去金宫饭店取她从西尔斯百货商场订购的一件衣服。她打算第二天早上穿着它去教堂。但当她到餐馆时，发现李剑已经不见了。她看到的是一个年轻漂亮的中国姑娘在试穿那件衣服。母亲惊呆了，不知道她是从哪里冒出来的。

那个年轻姑娘被抓住时惊慌失措，但她信任我母亲。在过去的几周里，她已经看到了我母亲的善心。我母亲给她沏了一壶茶，姑娘道出了一个不可思议的故事——她是女扮男装成李剑，才来到美国的。她的父母拿出了毕生的积蓄，要把她唯一的哥哥作为纸儿子送到美国。不幸的是，他病倒了，船还没起航就去世了。由于要不回他们的钱，他们就让这个十几岁的女孩代替哥哥去了。只是，她必须冒充她的哥哥，而她哥哥又冒充了另一个人的身份。

在离开拉丝强斯之后，李剑最终去了好莱坞。她改名为李珍，并成为美国电影上最早的华人女演员。当有人追问她的背景时，她不情愿地透露了她的秘密身份……一位中国公主。人们愿意相信这一点，并且对此深信不疑。

我母亲从未把这个秘密告诉过我父亲、阿福和露露，但她在去世前,给我讲了李珍的故事。“约翰尼,”她对我说,“事情并不总是如表面上的那样。人也是一样的。”

# 第五十七章

终于，我的禁足令被撤销了！在去见洛根之前，我先去金宫寻找李珍。我仔细察看了每一张照片，但并没有找到。难道奥爸又在逗我？然后，我记起奥爸说的要学会“读牌桌”。

我从墙边退后几步，让所有照片都一览无余。这么多张严肃的面孔——但其中一张看起来和其他的不太一样。慢慢地，我向前移动，让其他照片退出视野，只聚焦于这一张……

我看到一个年轻的男子，面部柔和、皮肤光洁。但更重要的是，他的笑容背后藏着一个秘密：这是李珍，她冒充了她哥哥李剑。

你好，纸女儿。

“甜甜的，有一点大蒜的味道和红辣椒的味道。”回家后，我告诉奥爸金宫的情况。当我描述“麦克白夫人”点的菜时，他闭着眼睛。他的胃口可能已经消失了，但他对食物的热爱仍在。

“说下去，梅子。”

“牛肉是按你喜欢的方式炖的，”我很高兴看到他脸上满意的表情，“肉嫩得都快散架了，芥蓝里只淋了一点蚝油……”

我讲完后，奥爸满足地叹了口气。他睁开眼睛，重新整理了一下腿上盖着的德洛丽丝织的毯子。尽管是夏天，他还是觉得冷。

“这就像听到老朋友的故事一样。你以为你了解他们，但他们常会让你大吃一惊。”

我点点头，想起之前我发现霍姆斯校长曾是理发店四重奏乐队成员时的感受。

“奥妈告诉黛西，食物既可以是令人熟悉的，同时又可以是意想不到的。”我说，“有点像那样。”

“是的，是的！”他赞同道，“这是中国的阴阳哲学，看起来相反的可能是互补的。有时候，当看似对立的双方进行合作时，一切都会变得更强、更好。”

这让我想起了奥妈做的菜。最近，妈妈给它们做了一些小小的修饰，比如加上新鲜的胡萝卜卷和小萝卜玫瑰。这让已经很棒的东西变得更闪亮。

最近维尔纳常来，甚至已经不再敲门。他径自走进来，待上几个小时。有时他甚至会提前关店，这样他就可以在奥妈回家之前多陪陪奥爸。他们还是不说话，但是他们都会和卡洛斯说话。

“那块烤牛腩看起来很完美。”维尔纳说。

“你说得对，卡洛斯。它不需要浸在酱汁里，让味道自己渗透出来！”奥爸看都不看维尔纳，就加上一句。

每个人都试图回避显而易见的事实——奥爸的病情越来越严重了。妈妈和奥妈聊着难缠的客户和黛西的堆肥。悲伤的沉默会令人尴尬，所以她们不停地交谈。

“别再絮絮叨叨了。”奥爸命令道。他对我眨了眨眼，但就连这个动作对他来说都有点困难了。“唉，如果我要死了，那就死吧！”

我愣住了。

“别那样，老头！”奥妈神色痛苦地制止。

“爸爸！真是的，”妈妈也跟着抗议道，“你怎么能这么说呢？”奥妈和妈妈联手了，出于共同的愤怒和关爱。这两种情绪紧密联结，有时我都无法分辨。

“因为这是真实情况吧？”奥爸回答道。

维尔纳静静地坐在角落里，看上去快要哭出来了。他的表情暴露了他的内心。如果他就是这么玩扑克牌的，那奥爸每次都能赢他。当维尔纳发现我在看他时，他就装出一副扑克脸，而我也同样这么做了。

# 第五十八章

我和妈妈走去金宫，准备开工。奥妈则更多地留在家里。为了方便照料奥爸，她也开始睡楼下了。

“医生怎么说？”我问，“他会没事的，对吧？”

妈妈装出对伊娃的橱窗展示很感兴趣的样子。从玻璃的投影中，她的脸看起来很悲伤，但当她转向我时，却满脸笑容。之前她告诉我今年夏天我们要一起去拉丝强斯的时候，她也是这样笑的。

“我们都要抱着最好的希望！”妈妈的声调高得有点夸张，“他有很棒的治疗医生，他自己也有积极面对的力量，对吧？”

我还没来得及回答，她就向金宫跑去了。

当妈妈进入餐厅工作模式时，黛西似乎松了一口气。妈妈监管餐厅，在厨房里发号施令。当妈妈向“麦克白夫人”解释说我们今天有“修改过的菜单”时，“麦克白夫人”皱起了眉头。换句话说，奥妈不在，黛西不敢准备更复杂的菜。

妈妈一直在给黛西传授一些技巧，让她做的菜卖相和口味一样好。

“不要把面条堆在一起，而是轻轻地把面条卷起来，然后在上面撒上香菜。”

“一层薄薄的花生碎会让香煎牛肉更闪亮。”

“在馄饨汤里漂上几片姜会显得更诱人。”

最近，当奥妈看到黛西做的蒜蓉猪肉配芥蓝时，她说：“谢谢你，夏洛特。这些天我们的菜更好看了。”

妈妈受宠若惊，几乎要晕过去，但还是努力平静地回答：“不用谢，老妈。任何时候我都乐意帮忙。”

奥爸病得越重，她俩对彼此就越和善。我们留在拉丝强斯，对奥妈来说意义重大。她可能不会直白地说出来，但就像奥爸教我的那样，要看玩家，而不仅是看牌局。这就是答案。有时候，看到妈妈在金宫工作，奥妈会把手放在胸口，轻轻地舒一口气。

我在餐馆里忙一阵就休息一会儿，回到家时，我惊讶地发现奥妈竟然在妈妈的房间里。她站在那儿，端详着妈妈从小到大的照片。

“哦，梅子！你吓了我一跳。我是来拿这个的。”奥妈随手拿起离她最近的东西——一个圣代冰淇淋形状的香薰蜡烛。

“我们可以聊一会儿吗，奥妈？你总是这么忙。我很少见到你。”

奥妈在豆袋椅上坐了下来：“就说几分钟。我还要去看看楼下那只老山羊。”

我还记得多年前奥妈和奥爸看到美食广告时有多么迷茫，但他们在这里是多么自在。“你大半辈子都生活在拉丝强斯，感觉怎样？”我问她。

“你奥爸和我在这里生活得很开心。”奥妈停顿了一下，“不过，这对你妈妈来说并不容易。镇上的孩子都是白人，只有她一个跟他们肤色不一样。”

“你想过搬家吗？”

奥妈点点头：“是的，有时候会想，但留在拉丝强斯是我自己的选择。我本可以回到费城——我的家乡，开始我的事业。在我遇到你奥爸之前，我想当一名数学老师。然而，一旦我和他在一起，我对于这辈子要做什么，就毫无疑虑了。”

“因为你热爱餐饮业？”

“因为我爱你的奥爸。”她说，“好了，说到那个坏脾气的老头，梅子，把我从这把豆袋椅中扶起来，我好下去看看他有没有惹麻烦。”

我坐在楼梯顶上，听着楼下他们两个令人安心的说话声。年轻时候的奥妈一定很爱奥爸，才会心甘情愿地放弃这么多。我想起了露露，想起了奥爸的妈妈安娜，还有我的奥妈。这些华人姑娘都从大城市搬到这个小镇，与她们的丈夫厮守一生。之后，就有了我的妈妈，但她朝着相反的方向去追寻她的梦想，也是去实现梦想。

## 重建金宫

1905 年

露露是对的。他们是美国人。他们的孩子将在这里长大，在他们的第二故乡拉丝强斯，在明尼苏达州——美国的中部地区。做出这个决定很容易，然而，重建金宫就困难多了。

尽管阿福穿着剪裁考究的西装，说着一口完美无瑕的英语，但银行拒绝向他们提供重建所需的贷款。即便金宫经营得非常成功，阿福还带着镇长、斯温警长和几位杰出市民的介绍信，但这些都无济于事。白人银行家眼里看到的只是：阿福是个华人。

最后，阿福不得不向某些不可靠的人借高利贷。他们明确威胁说，如果贷款不能按时偿还，阿福的家人就会有危险。

阿福开始重建金宫，许多当地人都伸出了援手。大家都想向这位一直给予他们帮助的邻居表达谢意。现在是他们报答阿福和露露的时候了。

终于，金宫为盛大的重新开业做好了准备。阿福和露露并肩站立，露露抱着他们刚出生的孩子。当菲利普斯先生和太太发现这个孩子是以他们的姓来命名的，他们非常高兴，给小菲利普斯寄来了一个箱子，里面装满了婴儿衣服、玩具、被褥和毯子。

阿福一家人的生活走上了阳关大道。

# 第五十九章

“小菲利普斯，就是你父亲，对吧，奥爸？”

奥爸试图微笑，但神色很疲惫。“是的，我父亲是以一位百万富翁的姓氏来命名的！”

我一定要告诉艾米这个信息。她在研究生毕业论文中提到了金宫饭店，并承诺会来这里参观。

自从得到了奥妈的感谢，妈妈就更加努力地把她身为食品造型师的技巧展现出来，让奥妈刮目相看。在把菜端进餐厅之前，她总是先看看奥妈的反应。如果奥妈点头或称赞，妈妈就会喜形于色。她俩的关系开始解冻，但这是一个缓慢的过程。就像冰山一样，海平面下还隐藏着很多东西。

“梅子，请把这些端给‘麦克白夫人’。”妈妈指着一托盘的麻婆豆腐、苦瓜汤和西兰花牛肉说。托盘很沉，但我一只手就能搞定。

“麦克白夫人”低头看看面前的饭菜：“我没看到我要的干煸四季豆。”

“我没办法一下子把所有的菜都端来。我现在回去拿其他东西。”

“好，那就快点！”她把筷子像武器一样对准我，“你知道我不喜欢放凉的菜！”

“我还不喜欢你呢。”我心里暗想，但没说出口。

“麦克白夫人”慢吞吞地吃着饭，而“吵闹家庭”的孩子们抓着面条互相扔。他们的妈妈试图让孩子们安静下来，而那爸爸则对这种混乱坐视不管。

我把一张新纸卷进打字机。“友善比刻薄更令人愉快。”这是我给“麦克白夫人”打的幸运签语。然后我又打了四条幸运签语。当我把四块幸运饼干拿给“吵闹家庭”时，年龄最大的女孩乔迪大声读了出来，把弟弟妹妹们吓得哑口无言。

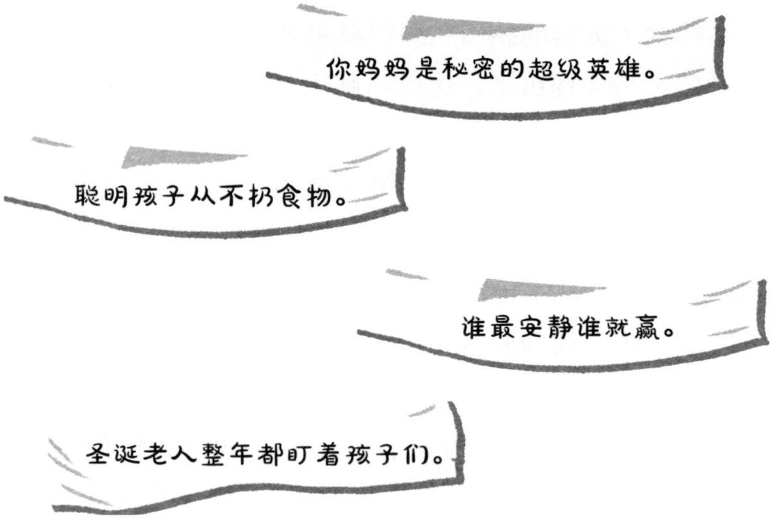

# 第六十章

“麦克白夫人”已经在餐厅里坐了快三个小时了。我想我们应该收她占用位置的租金。

“这不是坏事。”黛西像在垃圾堆里生了根一样，仔细翻寻可回收物品，“这让我们店里看起来像是一直都有顾客。”她举起一个塑料瓶，“百分之百的小海龟的小胃里都有塑料。它们把漂浮的垃圾误认为是食物。”

“麦克白夫人”没有打开幸运饼干。终于，她站起了身，但留下了好多剩菜。我没有问她，就自己把它们打包收走。当她瘦削的身子绕过餐桌走向门口时，一股怒火突然在我心头升腾：奥爸病了；奥妈和妈妈很难过；有人偷走了布袋熊，丢下一封充满偏见的信，之后又把谩骂涂在了它身上。

我们家里发生了这么多事，而这位自私的女士所做的就是浪费食物，炫耀她多么有钱，还嫌茶不够热。我把她用过的盘子扔进了放脏盘子的桶里，发泄了一番，最后扔下了毛巾。我有几句话要对“麦克白夫人”说。追出去的时候，我拿上了外带餐包。

埃里克和他的跟班在主街上晃荡。这次我没有躲藏，而是径直走过去。我想看看他在看到我钓鱼背心上的黄色油漆时的反应，但他面无表情。

“麦克白夫人”走不了多远。最近，她开始使用拐杖。我每走一步，头脑都能变得冷静一点，直到我说服自己不要与她对抗。不一会儿，我已经走到她家门口了。也许我会把剩饭剩菜放在她的门廊上，按响门铃，然后跑走。

她前院里杂草丛生，我站在草丛后面，等着“麦克白夫人”进屋后关上门。我第一次漫游拉丝强斯时，被这座恐怖的豪宅吓得不寒而栗，原来是她住在这样的地方，这就不足为奇了。我蹑手蹑脚地走上门廊的楼梯，放下外带餐包，准备离开，这时我听到了某种声音。是有人在低语吗？

沉重的木门没有关上。我把头探进去，暗自准备迎接任何可能出现的可怕情况。

我不由惊呆了。

我看到的不是破碎的家具、蜘蛛网和骷髅，而是优雅的装饰。虽然明知道不应该这样做，但我还是忍不住向屋子里跨了一步。我睁大了眼睛。这是阿福第一次看到菲利普斯宅邸时的感受吗？精雕细琢的木质镶板在墙上一溜排开，头顶上悬挂着一盏巨大的水晶吊灯，在我周围投射出闪烁的霓虹。

我听到有人在弹钢琴。好奇心牵引着我走向更里面的房间，我发现自己站在一个从地板到天花板都堆满了书的房间里。我立即肃然起敬，就像《美女与野兽》中的贝儿第一次看到野兽的书房时那样。我甚至还半真半假地期待野兽的出现。

“冒失鬼！冒失鬼，站住！”有人喊道。

# 第六十一章

我转过身。音乐停止了。“麦克白夫人”举起拐杖，准备出击。

“对不起！”我尽量让自己的声音听起来不那么害怕，“因为你把门开着？”

“那不代表你就可以进来！”“麦克白夫人”伸出一根关节弯曲的手指，指着隔壁房间的一张软垫凳子。“坐那里。”

虽然我们不是在金宫，但我还是照她的命令做了。

“现在开始吧。”“麦克白夫人”坐在我对面的红色天鹅绒沙发上。她优雅的姿势无懈可击。“说吧，梅子。你看起来像有一肚子话要倒出来。”

我很惊讶，她竟然知道我的名字。

“你的舌头被猫咬了吗？”她薄薄的嘴唇上露出得意的笑容。

她吓不倒我！嗯，准确地说，吓唬不了多少。

“我把你的剩菜带来了。你点的菜太多了！”话一出口，我就意识到自己听起来有多蠢。我闯进别人家就因为他们点了太多食物？我无力地补充道：“另外，你的态度是不是也不太好？”

“麦克白夫人”的脸开始变形，先是露出诡诈的笑，而后变成微笑，之后则是停不下来的大笑。“哦，梅子。”“麦克白夫人”的声音听起来像在对一个小孩子说话，“你不知道我为什么点这么多，对吧？”

“炫耀你的钱？”

她摇了摇头。

“你不能只选一道菜吗？”我试着建议道。

我环顾四周。这里到处都是照片和油画，诉说着“麦克白夫人”的过去：从一个小女孩，长成一个少女，到与一个年轻英俊的新郎结婚。

她跟随我的目光看去。“那是我丈夫伦纳德。”我的目光转向了她和伦纳德以及一个小男孩的照片。“那是我们唯一的孩子。”“麦克白夫人”解释道。

“他现在在哪儿？”我敢说她一定很刻薄，把他赶走了。

“埃米特在蹒跚学步的时候就去世了。他得了猩红热。几个月后，我丈夫也因同样的病去世了……当然，也因为他的心碎了。”

我张了张嘴，但什么安慰的话也说不出来。

“麦克白夫人”转回到一个轻松的话题。“你要问点菜的事？也许你还没有注意到，金宫目前生意不好。店里顾客越少，我点的菜就越多。”见我满脸困惑，她又说：“为了让餐馆继续经营下去。”

她那双水盈盈的蓝眼睛凝视着我。

“可是……为什么……然后……哦。”我的那些话、那些想法像盘炒杂烩一样搅在了一起。

“你千万不要告诉任何人。”“麦克白夫人”警告说。她的声音很严厉，但她的脸上有一种我以前没有注意到的红润。“就算你说了，我也不承认。你的外公、外婆永远不肯求人帮助。他们只习惯于帮助别人，比如给亲戚朋友提供食物和工作。”她凑过身子小声说：“就像帮助黛西一样。”

“黛西？”我很惊讶在这次谈话中听到了她的名字。

“麦克白夫人”理了理她的珍珠项链。“那个女孩刚来拉丝强斯时，人生地不熟。你奥妈给她在银行兼图书馆找了份工作。那幢大楼被洪水淹没并关闭后，黛西就到金宫工作了。有点脑子的人都知道这家餐馆不需要再雇一个帮手了。”

这可彻底颠覆了我的认知。“麦克白夫人”压根儿不是敌人，而黛西曾像纸儿子那样需要帮助。

“麦克白夫人”坐在餐厅中央，不是为了让每个人都能看到她，而是为了让自己能看见所有人。想象一下，她回到这个空空荡荡的大房子里有多冷清。

奥爸的妈妈告诉他：“事情并不总是如表面上看上去的那样。人也是一样。”

我对“麦克白夫人”的看法怎么会这么离谱呢？我是不是也会看错了其他人？

# 第六十二章

这些天，奥爸很安静。对他来说，拿电视遥控器对准电视都很困难了。这一次，他按下一个按钮，结果不是他想要的调大音量，而是抬高了妈妈为他定制的医院病床的一端，差点儿把他拦腰折断。

“救命啊！”

我猛冲过去按下紧急停止按钮，等奥爸感觉舒服一些了，我才把电视的音量调大。他津津有味地看卡洛斯在科德角吃海鲜自助餐。

这时，有人敲门。洛根去挖蚯蚓，顺便把8月号的《明尼苏达众知》送来了，上面刊登了惠特洛克镇长关于布袋熊的那篇文章。

“奥爸，”我举起杂志，“报道来了！”

# 偏见与熊

观点

杰弗逊·P. 惠特洛克

在坐拥四千四百二十八人的明尼苏达州的小镇拉丝强斯，布袋熊是一个不可或缺的成员。这座手工做的木制雕像高达七英尺。一百多年前，中国移民陈阿福接手金栏餐厅——现名为金宫饭店，布袋熊首次在这里亮相。陈氏中餐馆门口的布袋熊已经成为这个小镇的标志，它已经迎接了几代居民。多年以来，游客们都喜欢和这只著名的熊合影留念。

然而，并不是每个人都喜欢布袋熊。上个月的一天晚上，布袋熊雕像突然失踪，取而代之的是一封带有种族色彩的勒索信。（因为《明尼苏达众知》是一本家庭杂志，所以我们不在这里发表勒索信。）这封手写的信件显然是针对该地区唯一的华人家庭陈家。除了刻板的嘲笑性语言，它还颇带有种族主义色彩，并且勒索一千 yen（日元）作为归还布袋熊的代价，信的结尾是：“滚回中国，回家去！”

布袋熊的主人，即金宫饭店的老板约翰·陈和莉迪亚·陈拒绝接受我们的采访，但他们即将年满十二岁的外孙女、来自洛杉矶的陈梅子说：“他们掳走布袋熊已经够糟糕的了，而那封勒索信显然是在故意伤害我们。这是一个煽动种族主义和仇恨的讯息。”

信上没有署名，布袋熊失踪了好几个星期。地区治安办公室将布袋熊的失踪和勒索信归因于“一些孩子的恶作剧”。

拉丝强斯学校的校长格伦·霍姆斯说：“我一直希望我们地区能对所有人都敞开怀抱。不幸的是，有些人总是嘲弄那些有异于他们的人。”

居民多莉·赫尔利也跟进说：“我是世界上最没有偏见的人。我会想念那只熊的，但是人们似乎太敏感了。”然而，奶场农庄主玛丽·彼得森认为：“我们这里不能容忍这种事情的发生。”

在布袋熊失踪了几个星期后，八岁的芬尼根（被称为“芬恩”）·奥尔森在树林深处发现了布袋熊。居民们联合起来把熊送回了金宫饭店，它又站在了原处。绑架者的身份至今尚未确认。但是最近，又一轮偏见出现了，这次是以涂鸦的形式——布袋熊被人用画笔攻击了，有人在它身上画上了贬损性的文字。

无论是包容还是排斥，都是新闻报道的常见主题。拉丝强斯是一个友好的小镇。然而，偏见仍然隐藏在阴影中。也许还是梅子说得最好：“难道我们不该摒弃偏见向前进吗？”

现在，可爱的布袋熊站在金宫饭店的家门口，不再有人用仇恨之词去攻击它。然而，肇事者仍然在我们当中。让我们期待拉丝强斯能够向前迈进，向世界展示我们可以和睦相处。

# 第六十三章

惠特洛克镇长提出了很多很好的观点。如果连小小的拉丝强斯都存在种族偏见问题，那就难怪整个国家都无法和睦相处了。

“在这里长大，一定很难吧？”我和妈妈一起叠床上的衣服。我负责叠奥爸的手帕。

“有时候，是这样的。”她看着一双不相配的袜子，“你为什么这么问？”

“奥妈说过，这对你来说可能很不容易。”

妈妈的动作停止了。“我以为她从来没有注意过。”

“你在开玩笑吧？奥妈什么都注意到了！”

妈妈笑了：“我想你说得对。我一直渴望刺激。我想住在一个可以重塑自我的地方——一个我可以融入的地方。在这里，我出名只因我是中餐馆老板的女儿。这不是我想要的。”

“那你希望自己因什么而出名呢？”

妈妈停顿了一下。“我认为，应该做我自己。走自己的路，而不仅仅是做别人期望我做的事。”

“奥妈和奥爸是怎么说的？”妈妈和我谈论过很多事情，但我从来没有想过要问她的童年。

“没说什么。他们从来不说什么。哦，有时候奥爸会滔滔不绝地讲他祖父生活有多艰难，但对我来说，那都是陈芝麻烂谷子的历史了。而奥妈只关心金宫饭店。”

不是这样的，我想告诉她。

“你知道吗，”我说，“奥妈曾经告诉我，她想当一名数学老师。”奥爸的手帕现在整齐地叠放在一起。

妈妈在叠衬衫的手也停下了。“她告诉你的？”

“你应该和她谈谈。我想你们相互之间还有很多地方不了解。”

## 第六十四章

惠特洛克镇长在金宫饭店受到英雄般的欢迎。每个人都喜欢他的文章，甚至“麦克白夫人”也是。奥妈告诉他午餐免单，黛西让他在她的《明尼苏达众知》上签名，这让他很高兴。他也主动提出给我签一份。

我也有了点名气。洛根很钦佩我的访谈言论。妈妈、奥妈和奥爸也一直在谈论这件事。霍姆斯校长说我的名言——“难道我们不该摒弃偏见向前进吗？”——会成为经典语录。

但这里有一个问题。

我从没这么说过。

“陈梅子！”惠特洛克镇长凌空挥动他的筷子，像一个管弦乐队的指挥，“说说看，你觉得怎么样？”

“我觉得很棒。”

“我的编辑也这么认为。我们的在线点击量创下了纪录，所以他们整个月都会突出这篇文章！”

他的心情爽到爆棚，我可不想破坏他的好心情。尽管如此，有件事一直困扰着我。我清了清嗓子。

“我没有说过关于摒弃偏见向前进的那些话。”

“从客观上讲，你可能没有。”他研究着菜单，“但我改述了你说的话——当然这是本着采访的精神。”

见我没有回应，惠特洛克镇长放下了菜单。“梅子，你确实说了。也许不是那些具体的词，但你要表达的就是这个意思。这是一个强有力的声明。甚至可能是故事的关键。就让别人以为是你说的吧。”

我点了点头。

但我觉得这样不太好。

## 第六十五章

日子渐渐变慢了。维尔纳起身要离开。他看起来疲惫不堪。奥爸今天不怎么说话，所以维尔纳只好一个人不停地和卡洛斯聊关于烤土豆的浇头的话题。

我送他出门，在邮筒前停下了脚步。里面都是账单，账单，账单，或者就像奥妈说的：“那些烦人的账单！”

等等！最后一封信是卡洛斯寄来的。我把它拆开。在洁白的信纸上是……一封套用格式的正式信件。

亲爱的餐馆老板：

感谢您对卡洛斯的关注！我们已经评估了来自金宫饭店的请求，虽然你们的餐馆确实很独特，但我们明年的日程已经排满了。

请继续关注卡洛斯并感谢你们的支持！

你真诚的，

博比·卡农

卡洛斯企业的实习生

我的心一沉。我正要把纸揉成一团，这时我注意到背面有字。

亲爱的梅子：

我喜欢你写的关于你外祖父母经营的餐馆的文字！如此惊人的历史！我敢打赌，那里的食物也很棒。请告诉你外公，我衷心地祝愿他早日康复。如果有机会来这个地区，我一定要去拜访金宫饭店！

祝一切顺利！

卡洛斯

我冲进了屋。奥爸躺在那种可以升降的医院病床上打盹。妈妈不用再带他去医院看医生了，改为由医生到家里来看他。

我让奥爸继续睡觉。本周是美食周，也就意味着卡洛斯的节目在这七天中每天二十四小时滚动播放。奥爸和我都不介意看重播。我们最喜欢的一集是卡洛斯参观北卡罗来纳州云杉松的黑暗餐厅。在那里，“你在关灯的情况下吃饭，用手来提升烹饪体验”！

第一次看完节目后，我们试着在黑暗中吃饭。奥爸不仅能辨别菜肴和配料，还能分辨出是奥妈还是黛西做的。

大约一个小时后，奥爸开始翻身。“奥爸？奥爸，你要起来吗？”

他的眼睛颤动着睁开了。“夏洛特？你怎么没去上学？”

“是我，梅子。卡洛斯希望你早日康复！”奥爸环顾四周，“卡洛斯在这里吗？”

我把他的床头稍微升高些。“不是的，奥爸。”我把信给他看，“他给我们写信了。”

我大声读了那封信，然后把它递给奥爸。

奥爸的脸亮了起来。

我无法用语言来形容我有多爱我的奥爸。尽管他现在还好好地在这里，但我已经开始想念他了。我情不自禁地流下了眼泪。

“哦，梅子。”奥爸紧握住我的手，不让自己的手颤抖，“不要在一个生病的老人身上浪费眼泪！”

我难过地呻吟了一声，挣脱他的手。“你为什么说这样的话？这一点都不好笑。事实上，这样很刻薄。”

他从袖子里掏出一块新手帕递给我。“这就是我这么做的原因。”奥爸笑的时候，瘦削的肩膀上下抖动。他的睡衣看上去大了三号。

“啊，你既然知道这很刻薄，为什么还要这么做？”

奥爸真是不可理喻。可能是卡洛斯的来信让他太兴奋，以至于脑子有些糊涂了。

他的脸上露出了一种久违的调皮：“你奥妈和妈妈都很伤心，这让我很难过。她俩以为掩饰了悲伤，可我看得很清楚。她们的举止像是在参加我的葬礼。但是，当我告诉她们我快死了，她们就生起气来。”

这是什么奇怪的逻辑？

等一下！“你宁愿让别人生你的气，也不愿让别人为你难过，所以你就故意惹她们生气！”

“你真聪明，陈梅子！”

奥爸示意我帮他调整枕头。当他把注意力转回卡洛斯身上的时候，我忍住了眼泪。我不想生气，也不想伤心，但此刻我既生气，又伤心。

我和奥爸都不再谈目前的情况，我们只是试着让彼此感觉好一点，在讲笑话时大声地笑，频繁地笑。等着瞧吧，后面还会让他看到我所做的纸儿子调查。到目前为止，已经有十几个人回复了艾米关于拉丝强斯纸儿子的帖子。他们中有很多人想知道阿福和金宫的故事，除了新泽西的方林恩之外，还有一些可能是纸儿子的后裔，他们也一直在联系。

卡洛斯的这封信让奥爸兴奋得睡不着觉。“你为什么不给我讲讲阿福的事呢？”我问，“我敢打赌，卡洛斯一定很想见见他。”

# 地震

## 1906年

当地面开始摇晃时，没有人能及时做出反应。哗哗声逐渐变成了隆隆声。熟睡的人们被震下了床。

死亡人数成千上万。城市的大部分地区都被毁坏，一半以上的人无家可归。报纸的标题引人注目：《地震与火灾：旧金山成为废墟》。

虽然阿福和露露远在两千英里之外，但他们还是很担心旧金山的朋友们。对于纸儿子们来说，地震带来的一线希望是，所有在旧金山的出生记录都被损毁了，这为来美国的纸儿子们铺平了道路。现在没有办法确认谁是在美国出生的，谁是移民。

在那时，许多华人中间流传着美国中部地区一家中餐馆的故事，那里是提供安全、友谊和家常菜的绿洲。阿福和露露的儿子菲利普斯在一群“叔伯”和“堂兄弟”的来来去去中长大，办公室墙上的照片也越来越多。

菲利普斯以优异的成绩从高中毕业，并于1921年获得了旧金山圣伊格内修斯大学的奖学金。在一个阳光明媚的下午，他告别了父母和布袋熊，登上了火车。

没过几个月，菲利普斯就开始想家了。大城市不适合他。

阿福和露露看到他们的儿子回家很是高兴，但失望的是他没能带回来一个新娘。在拉丝强斯这个小地方，找到结婚对象对他来说根本不可能。尽管这在明尼苏达州并不违法，但没有一个白人家庭会把他们的女儿嫁给一个华人，即使他是美国籍。最后，露露给旧金山的朋友们写信。在那个年代，包办婚姻并不罕见。

刚开始，菲利普斯和他的新婚妻子安娜见到对方时都很害羞，但他们逐渐爱上了彼此。尽管她来自大城市，但她性格热情而且喜欢拉丝强斯。这对年轻夫妇还在金宫里添置了他们自己的东西，比如五颜六色的纸灯笼。不久，他们生了一个儿子。他们用为他们主持婚礼的牧师约翰·罗伯特的名字给他取名，不过大家都叫他约翰尼。

# 第六十六章

“约翰尼？就是你，对吧，奥爸？你叫约翰尼！”

阿福的经历只是发生在以往的故事而已。但现在，它们化为了眼前的现实，比如布袋熊，还有银色相框里新娘露露的照片。

我查阅了旧金山大地震的相关报道。1906 年的一份报纸标题是：

**死亡三千人，损失三亿美元**
**旧金山被摧毁**

这也是阿福看到的吧？这么多东西被毁。但奥爸说过还有“一线希望”。当我写信告诉艾米这件事时，她回复说：

地震为更多的中国移民来美国打开了大门。不过，这并不容易。对于欧洲移民来说，他们可以在几小时内就办理好手续。然而，对于中国移民来说，经过旧金山的天使岛或纽约的埃利斯岛可能要花上几周、几个月，有时甚至长达两年的时间。这些移民一直被关押在岛上，直到最终他们被释放，或者被遣返回中国。

## 第六十七章

莱莉和她的祖父母来金宫饭店吃晚饭。洛根说她和他们住在一起。她向祖父母介绍我，说这是“我的朋友梅子”，我感觉手中的托盘突然变轻了。

吃完饭后，莱莉把我拉到一边，说：“我不知道这对不对劲，但卡罗琳说她哥哥埃里克在布袋熊失踪那晚很迟才回家。他和朋友们喝了酒，他们喝醉了就会做蠢事。第二天早上，他开玩笑说他在树林里看到了一只熊。”

有了这个信息，我就得到了一张很有希望的新牌。既然布袋熊已经回来了，我就不再追查罪犯了。但对埃里克这一情况的了解，使得游戏规则发生了变化。

当霍姆斯校长落座时，我在收拾桌子。他穿着一件印着“那里、他们的、他们是”[①] 字样的 T 恤。

---

① 英文原文中，霍姆斯校长这次穿的 T 恤上印的是三个发音相同但拼写和意义不同的单词：There、Their、They’re，意思分别是：那里、他们的、他们是。

“我们能谈谈吗？”我先开了口。当我坐下时，霍姆斯校长一脸惊奇。我得速战速决，以防妈妈出现。“我允许你和我妈妈约会。”

我以为他会大大地感谢我，但他却没有。他一边研究漂浮在他杯子里的茶叶，一边摸着下巴。

我刚才是不是说了什么蠢话？

“梅子，我和你妈妈发誓以后一直要保持联系。我爱她，但不是那种意义上的爱。我的心另有所属。”

“你说什么？”我压低了声音，“请再说一遍？”

妈妈和霍姆斯校长在一起时总是很开心。他们曾一起参加了舞会。他们分享秘密。

“麦克白夫人”在冷眼旁观。

我的判断怎么会出现这么大的失误？我惊呆了，而且感觉受到了羞辱。

“我妈妈知道这个人吗？”

“是克丽丝，”霍姆斯校长点点头说：“她知道，而且她赞成。”

“事实上，我刚结婚不久！我还在试图说服我的爱人搬到拉丝强斯来，但现在我们大部分时间都住在明尼阿波利斯。”

“麦克白夫人”继续吃她的茄子。茄子的紫色和她衣服的颜色是同色系。

“那你怎么不戴戒指？”

“一方面是因为我们还没有找到完美的戒指，另一方面是因为这里的人并不都会为我们的婚事而高兴。”

隔壁桌传来很大声的动静。我瞥了一眼，看见“麦克白夫人”正在用餐巾纸擦嘴。

他点了餐后，“麦克白夫人”示意我过去，小声说：“把他的饭钱记在我的账上，作为一份结婚礼物。”

我走向厨房，突然发现奥妈在黛西的小费罐前晃过。她从口袋里掏出十美元塞进罐子里。“麦克白夫人”和奥妈有很多共同点，她们其实都不像表面上那样固执。

霍姆斯校长吃完饭后，我没有递给他支票，而是一个金宫的外带餐盒。我在一层未煮的米粒上，放了几块幸运饼干，上面写着：

克丽丝和格伦，从现在到永远……

祝你们生活永远幸福！

戴上结婚戒指。

# 第六十八章

杂志上的那篇文章给金宫饭店招揽了一些新的生意，主要是其他城镇的人也慕名而来。很多顾客特意告诉我们，他们不是种族主义者。他们如是说："发生这样的事真让人遗憾。""你们真的很勇敢。"一位女士对我说："你太可爱了，像个玩偶娃娃。"

每个人都去和布袋熊合影。

惠特洛克镇长正在看报纸。我站到他桌旁时，他头也没抬。

"我知道是谁绑架了布袋熊，还在它身上涂鸦。"这时，他开始全神贯注地听我说。"是埃里克·菲斯克和他那帮朋友。"

惠特洛克镇长一脸震惊："你有证据吗？"

"布袋熊失踪那晚，埃里克出去喝酒了。我们在发现布袋熊的地方，看到附近有一个空的威士忌瓶。布袋熊身上被涂鸦的那晚，埃里克和他那帮朋友又出去喝威士忌了。"

他点了点头："听起来好像是那么回事，但这只是间接的证据。"

"间接？"

"这意味着不能百分之百确定是埃里克和他那帮朋友所

为。”惠特洛克镇长变得严肃起来，“我会调查的。但在我们确定之前，请不要告诉任何人。”

我感到如释重负，因为我知道正义可能会得到伸张。

回到家，电视里的卡洛斯正在一家比萨店。他向空中抛了一个面团，面团落在他头上。我大笑起来，等着奥爸跟我一起笑，但他看起来心不在焉。这些天他总是神思恍惚。也许我能让他再给我讲一个故事。当他谈到阿福时，他能清楚记得每一个细节。

“什么事？”奥爸问道。

“再讲一段阿福的故事？”我又问，“你能再给我讲一个吗？”

奥爸闭上眼睛，我担心他太累了。但他睁开眼睛时，我立即看出好戏开讲了。

“我想我可以再给我最喜欢的外孙女讲一个故事，”他说，“我们开始吧？”

# 一百年

## 1941年

最后，菲利普斯和安娜接管了餐馆。尽管如此，阿福和露露每天都会来金宫饭店，摸摸布袋熊的爪子来祈求好运，并坐到厨房边的桌子旁讨论事务。他们喜欢帮忙照顾小约翰尼，好让儿子、儿媳专心经营餐厅。

金宫饭店的生意越来越兴隆。著名作家弗朗西斯·斯科特·菲茨杰拉德在回家乡圣保罗的路上，还光顾了金宫饭店。他夸赞这顿饭“棒极了”。

然而，好景不长。

震惊世界的事件发生了，报纸的新闻标题在疾呼：“战争！珍珠港遭日本飞机轰炸。”

一夜之间，阿福和他的家人成了嫌疑犯。虽然他们不是日本人，但在许多人看来，他们可能是日本人。除了一个名叫华纳·维尔纳的德国移民外，约翰尼的大多数同学都指责他是间谍。

露露坚持让她的孙子在夹克上别一张便条，上面写着“我是美籍华人”，这样他就不会成为别人攻击的目标。阿福在金宫饭店门外挂了一块很大的牌子：“我们是美国人”。

但有人把标语画掉，并写上：“滚回家！”小约翰尼感到很困惑：“但我们就是在家里，不是吗？”

金宫饭店的生意变得很糟。许多原本隐藏自己偏见的人现在开始肆无忌惮地宣扬偏见。菲利普斯应征入伍，参加了第二次世界大战。阿福也想去，但美国军方不接受八十八岁的老人。

第二次世界大战结束时，战争给整个国家带来了巨大损失，不少美国人仍对长相是亚洲人的人心怀怨恨。

这么些年来，金宫饭店一直为拉丝强斯提供餐饮服务。一天午饭后，露露觉得头晕。当她伸手去够椅子想要稳住自己时，一下子摔倒了，头撞到了地上。阿福立刻跑去搀扶。

几分钟后，菲利普斯开车送他年迈的父母去医院。“我们不收你们这种人。”他们到达医院时，却遭到院方拒绝。

“就因为我们是华人？”菲利普斯生气地说，“我是一名美国退伍军人！”

“现在不是争论的时候。”阿福坐在车后座上说，他把露露抱在怀里，“继续开车。”

赶到下一家医院又花了一个多小时。护士看了露露一眼，就冲了进去。一群急救医生被叫来了，但为时已晚。

对阿福来说，没有了露露，金宫饭店就再也不一样了。多年以后，当阿福过百岁生日时，拉丝强斯的镇长送给他一把小镇金钥匙。家人、朋友和金宫饭店的粉丝们都欢呼起来。

“做个演讲！来个演讲！”

阿福沉默了很久，以至于很多人都认为他记性变差，记不住事情了。但事实恰恰相反。阿福回想起他在中国时穷困的成长经历，回想起他到一个未知国度的旅程。他想起了他最好的朋友利伟，还有那些把他逐出旧金山的人。他想起了菲利普斯夫妇，想起了乐乐老板，想起了那些在拉丝强斯驻足过的纸儿子。但他记得最清楚的是露露和金宫饭店，还有他的家庭。

终于，他开口了：“我虽然出生在中国，但我的生活、我的爱和我的家都在明尼苏达州的拉丝强斯。感谢所有和我一起走过这段旅程的人。因为有你们，我心满意足。”

两天后，在 1953 年 8 月 27 日，陈阿福离开了这个世界。

# 第六十九章

我的心碎了。

“奥爸，我很难过，阿福的故事结束了。”

他的声音有些颤抖：“结束了？谁说和这有关的事情已经结束了？阿福来到美国，并创办了金宫饭店，这只是一个开始。他对拉丝强斯是如此了解和热爱，这是很少有人能做到的。他不认为那是一个荒无人烟、尘土飞扬的小镇。他看到了希望和未来。”

“办公室里那张‘我是美籍华人’的便条，”我问道，“就是你小时候别在衣服上的那个吗？”

“的的确确！第二次世界大战结束那天，我以为金宫饭店会立刻再次顾客盈门，孩子们就不会再嘲笑我了。”奥爸停顿了一下，“但是我想错了。”

我想问他更多的问题，但他看起来太疲惫了。

“梅子，把你的打字机带回家。”他命令道，“我想让你帮我打一些东西。”

我还没来得及问奥爸打什么内容，他就睡着了。

维尔纳带着那个里面有跳舞猪的雪花玻璃球进来了。他把它放在奥爸身边。然后，为了不吵醒他，他悄声告诉我：“我女儿凯特琳要生孩子了！”

这是几周以来我见到维尔纳最开心的一次。

我在办公室替换幸运饼干里的签语纸条，无意中听到了妈妈和奥妈的交谈。

“我不知道失去他，我该怎么生活。”奥妈说。

妈妈在做萝卜玫瑰。“哦，妈妈，”她说着，递给奥妈一朵花，“至少你还拥有金宫饭店。”

“经营这家餐馆是他的梦想，不是我的。”奥妈轻声说。

“那你能告诉我你的梦想吗？”妈妈问。

奥妈撣掉沾在妈妈衬衫上的一片香菜叶。“我的梦想已经实现了。那就是与你爸爸共度一生——并且生一个女儿。”她停顿了一下，“夏洛特，我以前以为你离开拉丝强斯，是想逃离我和你爸爸。但事实并非如此，对吧？现在我意识到你是在努力实现你自己的梦想，而不是活在我的梦想里。你爸爸一直希望你能接管金宫饭店——但我暗地里希望你不要这么做。”

妈妈看起来大吃一惊。“我之前以为这就是你想让我做的事，也是你生我气的原因……”

奥妈拿起一把削皮刀，学我妈妈的做法，开始制作萝卜玫瑰。“夏洛特，你的人生已经拥有很多的自由。你做到了那些我自己不会去尝试的事情。你无所畏惧。你搬到了一个大城市。你事业有成,买了房子,独立抚养自己漂亮的女儿……”

“你和爸爸在这里创建了你们的生活,”妈妈告诉她,“我为此感到自豪。我想做些什么来对我们这份家族遗产表示敬意——但要以我自己的方式。”

奥妈一言不发地走开时,妈妈的样子很沮丧。

我让开地方,好让奥妈从柜子里拿东西。这是一本《美食造型师月刊》,封面照片是我妈妈。

“我花了好长一段时间才明白过来。”奥妈给妈妈看杂志,“我订阅这本杂志已经很多年了。我在每一期上找你。我真为你骄傲,夏洛特。”

屋里一阵静默,直到妈妈的哭泣声响起。

当霍姆斯校长给布袋熊补好被弄断的爪子时,他说它“比以前更强壮了”。

我希望妈妈和奥妈也能这样。

# 第七十章

奥爸的身体已经大不如前。这个星期医生已经到我们家里来过两次了,而现在才星期三。奥妈一直留在家里。妈妈时不时会问我想不想聊聊目前的状况。这几个月来,我曾经一直想知道事情会怎样，可现在我不想知道了。只有奥爸还在努力保持乐观，但这对他来说也很吃力。

当我把调查纸儿子的事情告诉奥爸时，他颇为激动。奥爸甚至给我讲了方埃迪和其他一些人的故事，包括一个去美国宇航局工作的人，还有一个培育出一种新型番茄的人。

“我原本想着能尽快把它做完，”我向奥爸道歉，“但没想到耗时这么长。”

奥爸示意我靠近些。我得仔细听，才能听懂他在说什么。“当然，这需要很长时间……回望几个世代……要收集故事……别忘了阿福和纸儿子们共同的交汇处。”

我点点头：“是金宫饭店和拉丝强斯。”

奥爸吃力地说着话：“是你，梅子。你才是连接点。他们因你而交汇。”

我还没来得及问奥爸这话是什么意思，他就陷入了昏睡。

## 第七十一章

我回想起我和妈妈第一次开车来金宫那天，以及我遇到的那些人，比如“麦克白夫人”、洛根和黛西。之后发生了布袋熊的绑架案，接着是惠特洛克镇长的文章。但我越回忆，就越觉得有些事不对劲。事情没有真正的进展。突然，一个想法击中了我。我意识到，就像玩扑克牌一样，这是一副搞砸的牌。

洛根面前已经摆了三个空杯子，但他还想要第四杯。

“你今天喝的冰淇淋沙士已经够多的了。”伊娃以前见过这种情况。我们都知道洛根能买这么多糖是因为他拥有了什么。

“是啊，但我有卖蚯蚓挣来的钱！”洛根拍了拍他的口袋，“今天干得不错。”

“别把蚯蚓带到这里来。记住上次发生的事。”

我刚才满城跑着找洛根，浑身大汗淋漓。伊娃给了我一杯冰柠檬水。我等到她离开，才开口说话：“洛根，布袋熊身上的涂鸦……我知道是谁干的了！”

“谁？！”

我试着喘口气，此刻头晕目眩。

“惠特洛克镇长告诉过我，《明尼苏达众知》的文章必须至少在新月份开始前两周提交。”洛根示意我快点说。“他的文章中包括了在布袋熊身上画的可怕的涂鸦——但那是在他上交文章之后才发生的。”

“等等，你说什么？”洛根睁大了眼睛。

“我不确定惠特洛克镇长是否参与了布袋熊的绑架事件。

可是他怎么知道有人要给布袋熊涂鸦呢？”

洛根明白了我的意思：“他肯定参与了！但他为什么要这么做呢？”

玩扑克牌时，我可以观察面前的牌。这虽然是另一个游戏，但我明白惠特洛克镇长的意图。

“连续下注。”我解释说，“那时候你的牌还没那么强，所以你会两次下注。你试图欺骗你的对手，让他们以为你有什么大牌。惠特洛克镇长将涂鸦案子添加到文章中，为的是让他的文章更具冲击力。”

“你确定他提交文章后没有再改动？”洛根紧接着问。

“我有百分之九十九点九的把握。”

“梅子，这可是大事，你需要百分之百的证据。”

洛根说得对。间接证据是不够的。我需要确认惠特洛克镇长是否欺骗了公众。我希望，就像奥爸谈论扑克牌的那样：“最终所有的牌都会显山露水。”

惠特洛克镇长带着灿烂的笑容欢迎我走进他的办公室。他把文章装裱起来挂在了墙上。“我的编辑提名我角逐 J. 丹尼尔斯奖，”他说，“赢得两次就能让作者声名鹊起。”

我的心怦怦直跳，但我的扑克脸一成不变。

“我能为你做些什么，梅子？”

“我在想……”我开始设陷阱，就像奥爸教我玩扑克牌的那种技巧。

“如果我给《明尼苏达众知》投稿，能不能登在下个月的杂志上？”

“你说的是那种小故事吗？”

我点点头：“差不多吧。”

尽管奥爸现在正躺在家里的床上，但我能听到他在给我指示：“你需要知道你的位置，也就是知道人们出牌的顺序。”但在眼前这个案例中，是文章提交的顺序和日期。

“抱歉，梅子，你错过了截止日期。请记住：杂志规定至少需要提前两周交稿，而且之后不可以做任何的添加或更改，因为它是在艾奥瓦州印刷的，然后运到明尼苏达州各地。”

“如果这个故事真的很好呢？”我问。

玩扑克牌时，最理想的顺序是最后一个出牌，这样你就能看到其他人在打什么牌。

“无一例外，”惠特洛克镇长坚定地说，“一旦进入杂志印刷，那就定了。”

“好吧，不管怎样都谢谢你。”

虽然我心头的一个负担减轻了，但同时我也感到被压垮了。我原以为惠特洛克镇长和我是站在同一战线的。我离开时，他微笑着挥手。不能仅仅因为某人看似友好，就认为他们是你的朋友。

我面不改色地挥了挥手。我还没向他亮出我的底牌。我应该先告诉妈妈或奥爸、奥妈。如果惠特洛克镇长事先知道埃里克或其他人要在布袋熊身上涂鸦，他就能阻止一场仇恨犯罪。但如果是惠特洛克镇长自己干的，并且他还在撒谎，那事情就更糟了。不管怎样，他利用种族和仇恨打压了我的家人，为的是让他自己的名望上升。

我走到我家近处，看见外面有一大群人，一辆救护车停在车道上，车顶的红灯闪烁。

“哦，不。不，不，不！”

维尔纳双手抱头坐在路边。妈妈和奥妈紧紧地抱在一起。

“奥爸！奥爸还好吗？”我一边喊着，一边朝他们跑去。

奥妈直直地看着我。她张开嘴，但没有发出声音。

妈妈将我抱在了怀里。

## 第七十二章

除非算上我出生的时候，否则我可以说从来没去过医院。病房里灯光明亮，闻起来有一种类似森林的气味。在奥爸的房间里，妈妈和奥妈手拉着手，神情很严肃，悲伤将她们紧紧地裹在一起。

奥爸在这里的病床比他在家里的那张高级多了。墙上挂着一台电视机，里面正在播放的肥皂剧被调成了静音。我把频道换成卡洛斯的节目。奥爸纤细的手臂上插着管子。一台仪器监测他的心脏，屏幕上出现弯弯曲曲的线条。这让我想起了我们在学校学习地震知识时提到的里氏震级。

“这里的东西太难吃了。”奥爸的声音比耳语还轻，每个词都说得很费劲，“如果这些食物杀不死你，那任何东西也杀不死你！”

我挤出一个微笑。我浑身上下都伤痛至极，但我仍装出一副扑克脸，希望没人能看穿。

“奥爸，你必须好起来。不然，还有谁会讲阿福与金宫的故事呢？”

他还没来得及回答，一个护士就开门进来。她的工作服上挂了一个憨态可掬的跳舞的泰迪熊，它让我暂时忘却了悲伤。“探视时间结束了。”她的语气里带着歉意。

妈妈扶着奥妈走出房间。我到了走廊上，突然感觉冥冥中有什么在叫我转过身来。奥爸正挣扎着坐起来。他看起来很虚弱，但我在他的眼中看到了熟悉的火花。“梅子，我坚信你会把我们的故事讲出来。”我听见他说。

随后，门关上了。

## 第七十三章

朋友们和邻居们都来吊唁慰问，但他们说了什么，我们谁也听不进。他们带来了砂锅菜，我们谁也没碰。奥爸去世后，奥妈就没有再去过金宫饭店。妈妈不停地哭，即使她的眼泪早已流光了。可我一点儿也没哭。我只有在一个人的时候才会卸下那张扑克脸。但即使那样，我也不哭。我一定是出了什么问题。

## 第七十四章

人们源源不断地拥进教堂大门，似乎整个明尼苏达州拉丝强斯镇上的人都来了。我从没参加过葬礼。我经历了这么多的第一次。伊娃已经落座。她穿着一条深色连衣裙，满脸都是伤心。

我也穿了一条连衣裙，是我从妈妈的衣柜里翻出来的蓝裙子。当妈妈看到我把奥爸的钓鱼背心套在外面时，我起初担心她会不同意。但相反，她拥抱了我。

霍姆斯校长和妈妈在一起。

贝丝夫人[1]走进了教堂——我已不再暗暗称呼她为“麦克白夫人”了。她即便拄着拐杖，依然步履维艰。奥爸去世的消息，也给了她沉重的打击。贝丝夫人看起来很虚弱，像只刚出生的小鸟。黛西这几天一直把食物送到她家里，并留下来，看着她吃下去。

---

① 即“麦克白夫人”，这里梅子用正式的姓称呼她，表达对她的尊敬。

霍姆斯校长挽起贝丝夫人的胳膊，领她坐上她的席位，然后在她身边坐下。这样，他可以扶她站起来。

黛西靠墙站着，咬着指甲。她的眼睛和鼻子通红。她需要有人告诉她该怎么做。奥妈示意她坐到前排长椅上。“你要和家人坐在一起。”

洛根和他的父母也来了。他穿着洁净的白衬衫，系的红领带太长，而海军蓝裤子太短。

“你生我的气了吗，梅子？我做错什么了吗？”

我摇了摇头。事实恰恰相反，所以我才整个星期都不想见他。洛根让我想起拉丝强斯，我的奥爸、奥妈，还有金宫饭店。我不想要不停地说再见。

莱莉过来了。她的祖父母在和奥妈说话。他们三个低着头，像足球队员那样聚拢在一起听指示。我很高兴刻薄女孩们没来这里，这让我安心。我也没看见维尔纳。

“梅子，”莱莉说，“你奥爸的事让我很难过。要是我的爷爷或奶奶出了什么事，我也会不知道该怎么办。如果你想找人说说话，我随时都乐意奉陪。”

我点点头，她捏了捏我的手。“你可能想和你的亲戚们在一起吧。”她说。

“我的亲戚？”

旁边有一群我不认识的华人。他们都在看着我。

“是梅子吗？”一位女士走过来。她的两个年幼的孩子由他们的爸爸牵着手。“我是方林恩，来自新泽西。我从蔡艾米那里听说了你外公去世的噩耗。”

“方林恩。”我念着这个名字，不由惊呆了。

我们此前通过电子邮件联络，但她只是作为名字而存在。现在她来了，作为一个真实的人。一些完全陌生的人从全国各地赶来和奥爸道别？

“看到你失去亲人，我很难过。”方女士对我说。她的孩子们在教堂的长椅上爬来爬去，他们的爸爸想要抓住他们。“从我很小的时候起，我就听过关于金宫饭店的了不起的故事。当你奥爸还是个孩子的时候，我祖父曾教他如何玩扑克牌。我一直想来拜访。我真希望我能早点来。”

我环顾四周，看到更多不同年龄的华人。他们互相寻找、握手、点头，用恭敬的语气交谈。一个有着年轻的亚洲面孔的女子走过来。

“梅子，我是来自圣保罗的圣凯瑟琳大学的蔡艾米。”

“艾米？！”我们虽素昧平生，但一见如故。

我把奥爸的网络讣告发给了艾米，她问是否可以转发。我说可以，但完全没有想过什么人会看到。

我找到了奥妈和妈妈，匆匆忙忙地告诉她们关于那些照片、艾米、阿福的故事和我做的纸儿子研究。当奥妈意识到这些人的身份时，她像对待失散多年的亲人一样迎接他们。

我感觉好多了，直到我窥见惠特洛克镇长。

“陈太太！”惠特洛克镇长加入了我们的谈话，“作为镇长和金宫饭店的老主顾，我想在仪式上对您的丈夫说几句话，当然是在您允许的情况下。”

奥妈正要感谢他，但被我打断了：“不行。”

## 第七十五章

惠特洛克镇长无视我的否决。他在等奥妈的答复。我仔细打量着他——一副自以为是、自鸣得意、自命不凡的样子。

“不行！”我提高了嗓门，“不行，你不能在我奥爸的葬礼上讲话。金宫饭店再也不会欢迎你。”

我走到他和奥妈之间，迫使他看着我。“你不想知道为什么吗？”尽管他年纪比我大，身材比我高大，但我手中掌握所有的牌。

惠特洛克镇长挺直了身子，但我不会退缩。我目不转睛地盯着他，摸了摸我钓鱼背心上的油漆。“我已经知道了。”这就是我所说的一切。

他转身离开了。

“梅子，怎么回事？”奥妈问我。

“我回头再解释，奥妈。”

今天的重点不是惠特洛克镇长，而是我的外公。妈妈和我领着奥妈走到前排，和黛西坐在一起。我环顾了一下教堂。座无虚席。奥爸会喜欢的。

# 第七十六章

葬礼结束时，牧师宣读了奥妈的请柬。“请加入我们家庭，一起到金宫饭店礼赞生命。”

大家都站起来，让我们先走出教堂，然后紧跟其后。我们的队伍沿着大街游行。当我们到达餐馆时，一直和布袋熊一起等候的懒狗也昂首肃立。

进屋后，奥妈一下子深深地陷进一把椅子里。以前，除了她算账时或短暂的用餐间歇，我从来没有见她在金宫饭店里坐下来过。

不断有人走过去问候她：“你饿了吧？”

“你需要什么吗？”

“你想喝点热茶吗？”

黛西提前从葬礼仪式上出来，回到金宫的厨房。她把奥妈教给她的所有技艺倾注在了下午的备餐中。

“我这辈子从没见过这么多食物，”我告诉她，“这太不可思议了。”

“我知道。”黛西说着，伤心欲绝地大哭起来。

维尔纳走过来，给了我一个大大的熊抱。

黛西用毛巾擤了擤鼻子，说：“是维尔纳和我一起备餐的。”

“谢谢。你们两个。谢谢你们。”我尽量不让自己哽咽。每个人都太好了，大家的善意铺天盖地。

自助餐桌上摆满了金宫饭店的特制食物，有一排排柔软蓬松的叉烧包，还有维尔纳用奥爸最爱吃的小香肠馅做的包子。

霍姆斯校长一直陪在贝丝夫人身边。我递给她一块幸运饼干。霍姆斯校长给她念了签语：“‘我很感激你的善心。’”

贝丝夫人的目光和我的相遇。我曾经看到的是刻薄，而现在我看到的是同情。

芬恩没有参加葬礼，但他来了餐馆。

“吃点东西吧。”我对他说。

“我不饿。我只是想看看你奥妈。”

他走到奥妈身边，久久地拥抱着她。“看到你伤心，我很难过。”说完，他就离开了。

现在维尔纳站在奥妈面前，一副不知所措的样子。

“你们谈谈吧。”我对他俩说。

奥妈先开了口：“尽管你们吵了那愚蠢的一架，但是他一直像爱兄弟一样爱你。”

维尔纳哭了起来：“他是我最好的朋友。”

奥妈握住他的手：“能再吃到你做的小香肠，他已经很高兴了。”

“你知道这事？”我问。

奥妈的唇上泛出一丝微笑：“你以为我们家是谁倒垃圾？”

我环顾四周，看到这么多朋友和家人在悲伤和欢乐中相聚一堂。这就是爱。

方女士、艾米和其他纸儿子的朋友和亲戚们，站在大厅里露露的婚纱照旁边。他们有八个人，还不包括孩子们。在中国，8 是一个幸运数字。

我走到他们那里，告诉他们：“我想给你们看点东西。”

## 第七十七章

这间办公室无法容纳我们所有人。这可能是小镇拉丝强斯有史以来规模最大的一场亚洲人聚会。大家都想参观纸儿子照片墙。在一张褪色的照片中，方女士的祖父神情严肃。苏亨利发现了一张旧贺卡，上面有他叔叔寄来的一张三美分邮票。

乐呵呵的老人吴马蒂看起来一生中吃了很多包子，他指着一张照片，照片上一个年轻小伙子正努力把米袋举过头顶。“那是我！”他拍了拍自己的肚子，“在那以后，我可能又胖了好几磅。”

艾米觉得墙上照片中有几个人正是她一直在追寻的人。我指给她看李珍的照片，她惊讶得倒吸了一口凉气。每个人都对着墙上的照片拍照，兴奋地交谈着。

这场景就像我们在金宫的厨房里举行家庭聚会一样。如果你不了解的话，你会以为他们彼此早已认识了一辈子，就像他们给自己起的昵称“幸运八人组”那样。我想起奥妈曾经说过，食物就像人一样，“可以是令人熟悉的，同时又可以是意想不到的。”

当黛西回来取更多的虾仁炒饭时，她困惑地看了我一眼。

“是亲戚？”

我点点头。

“你外公总是说我的照片也应该挂在墙上。”

“他这么说过吗？”我问。

“我想，可能是因为我的姓名。”她说。

我有点不明白：“黛西？”

“黛西是我的名字。我的姓是格拉克，原本是格拉克里奇，但我的祖父母来到美国后就把这个姓给缩短了。我妈妈告诉我，它在德语里的意思是‘幸运’。”

## 第七十八章

我回到餐厅。奥妈仍在与维尔纳长谈。

伊娃向我走来：“你和你妈妈会留在拉丝强斯吗？”

我摇了摇头：“马上就要开学了，我们应该快回家了。”

她捏了捏我的胳膊："我会想你的，梅子。"

"我也会想你的，伊娃。"

洛根端着盘子四处走动，给每个人提供足够的食物。

妈妈亲切地感谢人们不断送上的安慰之词。我把她拉到一边，把手伸进钓鱼背心的口袋。"这是奥爸给你的。"我告诉她。

她颤抖着大声念出了幸运签语："'夏洛特，你是一个男人所能拥有的最好的女儿。我为你骄傲。'"

那天，奥爸让我把打字机带回家，我们一起打了签语。他建议我在适当的时候把它们分发出去。

"那是在什么时候呢？"我问。

"你会知道的。"他说。

当维尔纳用奥爸的扑克牌玩花样时，那个"吵闹家庭"安静了，目瞪口呆地看他表演。餐厅里的气氛慢慢从葬礼变成了节日，人们开始分享他们所知晓的关于奥爸和金宫饭店的故事。当拉丝强斯的居民听说了"幸运八人组"时，大家都想和他们聊一聊，就像他们是名人一样。不一会儿，人们就纷纷开始分享自己的祖先的故事，讲他们什么时候来以及怎么来的经历。

贝丝夫人和吴马蒂都说他们早在几十年前就相识了。他给她看他曾孙的照片。贝丝夫人微笑着，这是我过去所没看到的，她的笑容很好看。她邀请他全家去她家做客，他欣然答应了。

就这样，世界发生了翻天覆地的变化。

我塞给维尔纳一块幸运饼干。我担心他可能又要开始哭了，但他却发出了我从未听过的响亮而夸张的笑声。

他的签语是这样写的：即便我玩扑克牌时作弊又怎样？你现在就试着把钱要回来！

“没有了奥爸，这里会变得很令人难受吧？”我问奥妈。

奥妈静静地看着礼赞活动。

“已经是这样了。”她的声音既悲伤又快乐，“我们共同经营金宫饭店，度过了历史上最长的蜜月。”

我把一样东西放在她手心里。

无论如何，奥爸总是希望自己能好起来。不过，“以防万一”，他还是给了他的新娘一条签语。

奥妈捧着用铝箔纸包着的幸运饼干。

“这是奥爸给你的。”我告诉她。

“奥爸？”当她读签语的时候，我不知道她是在笑还是在哭，或两者兼而有之。“那个傻老头。我永远没法儿生他的气。”

酸甜交织。

阴阳调和。

奥妈用奥爸的手帕擦去眼泪。她的幸运签语写的是：

再见，我一生的至爱。现在，你可以哭泣了。

后来，我绕着金宫饭店走了一圈，把篮子里的幸运饼干发给更多的人。“热爱，生活，大笑，以及吃中国菜！”他们说——当然，这是引用我奥爸的签语。

当篮子空了，我的心也跟着空了。我把手插进钓鱼背心的口袋，好让自己稳住。在几片扑克筹码之间，我摸到了一样不熟悉的东西。我把它掏了出来，打开这个天鹅绒盒子，凝视着一把精巧的金钥匙，眼泪终于夺眶而出。准是奥爸偷偷把它塞进了钓鱼背心的口袋！但他是什么时候塞进去的？又是怎么做到的呢？

盒子里面刻着这样的字：明尼苏达州拉丝强斯之钥匙，献给陈阿福的百岁生日礼物。

## 第七十九章

在我们回洛杉矶前的最后一天，奥妈把我和妈妈叫到办公室。她正在把一张老照片挂到墙上。“还有一个纸儿子。”她解释说。

妈妈走近些看照片。“这不可能！”奥妈点点头，说：“是的，夏洛特。你是纸儿子的后裔。”

我不明白这是怎么回事。“我以为阿福在美国是合法的。”我说。

“阿福不是纸儿子。”奥妈指着照片说。

“但我父亲是其中之一。我和姐姐从来不被允许谈论我们家的秘密。”她看着我妈妈，“你的外祖父——也就是公公，长期以来都担惊受怕，生怕我们都会被驱逐出境。”

我记得艾米跟我说过这类事情。

现在奥妈看着我。“梅子，我的父亲，也就是你的外曾祖父，是个纸儿子。既然你在做纸儿子研究，不妨就从这里开始吧。每个故事都有两个面，每个家庭也是如此。”

## 第八十章

大清早，妈妈就想尽快启程。奥妈帮她把行李装到小汽车里，我在拉丝强斯这个小镇再兜最后一圈。走到金宫饭店门前时，我停下了脚步。

“布袋熊，”我说，“我会想你的。”

懒狗在附近睡觉。我给了布袋熊一个拥抱。“我会回来的。”我向它保证。听到这话，懒狗抬起头，摇了摇尾巴，重又闭上了眼睛。

我继续往前走，经过本·富兰克林店和维尔纳香肠店。当走近火车站时，我忍不住笑了。

“洛根！”我大喊着，朝他跑去。

他骑着车绕着石井转圈圈。蚯蚓桶挂在自行车的后面。

“梅子！我以为你已经走了。”

“马上就走。”我指着那口井说，“你在许愿吗？”他点了点头。“这次许的是什么愿？”我问。

泪水盈满他的眼眶。“希望你不要忘记我。”

“哦，洛根，”我说，“我永远不会忘记你。我们永远都是朋友。”

“梅子，你保证？”

“我保证。”

他咧嘴一笑，撩起T恤擦去眼泪和鼻涕。我目送他骑车的背影远去，他回头喊道：“再见，来自洛杉矶的美籍华人梅子！”

在我到拉丝强斯的第一天，我许了个愿。但它并没有实现——至少我当时是这么想的。“我希望我待在家里。”我当时对着许愿井说。

我现在才意识到，其实我整个夏天都待在家里。

## 第八十一章

在我和妈妈回到洛杉矶的那天，我收到了这封邮件：

亲爱的梅子：

我听“幸运八人组”中有人说起你家饭店在找下家接盘。几十年前，我的曾祖父来到了拉丝强斯。陈阿福和陈露露给他提供了住所和工作，但更重要的是，他们给了他希望。我们全家对此永远心存感激。

我认识一位年轻的美籍华裔女士，她即将从旧金山的烹饪学校毕业。她的终极目标是开一家餐馆。凌苏茜是移民的女儿。我会转告她关于金宫饭店的事。

祝一切都好！

谭埃丽

拉丝强斯的纸儿子谭查理的曾孙女

我回到洛杉矶已经有好几个月了。和姜姜在一起可真好。艾米和我一直保持着联系，她就像我的大姐姐。阿福和金宫饭店通过食物和友谊将人们聚在一起。我也在努力让大家团结起来。艾米在帮我建一个有关拉丝强斯纸儿子的网站，旨在连接过去和现在的几代人。刚开始的进度有点慢，不过没关系。我有时间。

我终于得到了我的新手机。洛根也用他赚的钱买了一个。他说莱莉偶尔会在学校和他一起吃午饭，而且他越来越受欢迎。贝丝夫人仍然每天在金宫吃饭。有时芬恩和她一起吃饭，她坚持让他把剩菜带回家。维尔纳马上要退休了，然后去波士顿，跟他的女儿和刚出生的外孙住在一起。黛西在负责镇上的回收项目。

我曾经认为拉丝强斯是这个星球上最无聊的地方。可一旦我给了它一个机会——愿意去亲近和探索这个小镇，这里的人和事就渐渐向我敞开了心扉，比如莱莉和贝丝夫人。起初，我以为我可以根据他们的外表，就能判断他们的为人，但实际上，内心才最为重要。

埃里克的朋友们没能保守秘密。最终，全镇的人都知道是他出的主意去偷走布袋熊并留下宣扬种族歧视的纸条。当埃里克的妈妈逼他向奥妈道歉时，他挤出一个大大的笑容来讨好她。

“我不会起诉你，”奥妈让埃里克确信，而后对他笑了笑，又补充道，“不过诉讼时效为期七年。也就是说，你最好得表现好一点……不然，我可能会改变主意。”

另外，还有惠特洛克镇长。

我曾相信他是个好人，但实际上他不是。他不像陷害阿福的警官那样，也不像那些想把阿福赶出拉丝强斯的人那样，但惠特洛克镇长也有同样危险的东西。他拥有说话的权利，可他却用来欺骗人们。

惠特洛克镇长已经退出政坛，不再为《明尼苏达众知》撰稿。显然，杂志社收到一封匿名信，质疑他的一篇文章的真实性。经过内部调查，他因违反职业道德而被解雇。后来，明尼苏达州的一家报纸报道了他的所作所为。我猜想，惠特洛克镇长的文章终究让他出了名。

我望着卧室窗外的棕榈树和好莱坞标志。今晚，妈妈在做花椰菜姜片煎牛肉与虾仁炒饭。我们要一起做奶油芝士馄饨。稍后，我们会和奥妈视频聊天。她有了一台新电脑，霍姆斯校长教会她怎么使用。

我始终在想奥爸和他的故事。我每天都很想念他。阿福的故事也一直萦绕在我的心头。算起来，他到美国已经有一百五十多年了，但有些事情并没有像我希望的那样发生太大的变化。

“还有很多工作需要去做。”我的外公曾经说过。

如果他现在在这里，我会告诉他：“奥爸，我准备好去为之奋斗了。我很快就要十二岁啦，什么都能做得越来越棒！”

至于布袋熊，它曾经被袭击过，被枪击过，被绑架过，还被涂鸦过，谁知道还会发生什么？但它仍然在金宫前站岗。虽然我不在拉丝强斯，但我觉得我就在它身旁。

“请代我向布袋熊问好！”我对着电话说。我把阿福的钥匙从盒子里拿出来欣赏。妈妈说我们可以把它装在镜框里，但我喜欢拿着它。

“你自己来告诉他。”洛根用一种专横的语气回答道，“另外，等你春假回来的时候，能不能教我玩扑克牌？”

“当然，但你要做好输的准备。”我说。

“梅子，晚餐好了！”妈妈喊道。

于是，我把金钥匙放回盒子。“我得挂电话了，”我对洛根说，“该去吃饭了。”

# 尾声

阿罗哈，梅子：

我坐在海滩上，想念你的外祖父。“老头子，”我对着海浪喊道，“如果你现在和我在一起，就给我发送一个信号。”就在这时，一道双重彩虹出现在了天际！

爱你，

奥妈

又及：金宫饭店由凌苏茜和黛西打理得非常好，我也许不用再回去了。另外，也许我会搬去和你们一起住。你们意下如何？

# 作者的话

在我开始写梅子的故事时，新闻中充斥着关于试图前往美国的难民的报道，他们遭遇了重重困难和不幸，这实在令人心碎。很多人愿意冒着生命危险为家人创造更美好的未来。这让我想到了我自己的家庭。

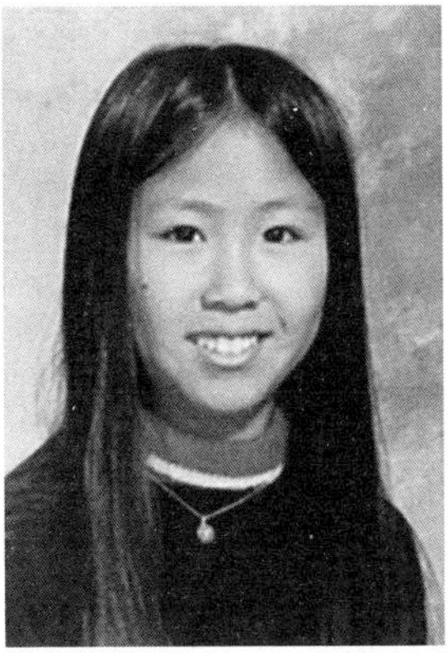

我在梅子这么大的时候

和梅子的故事一样，我的故事也始于中国，一个我从未去过的国家。我是第三代华裔美国人，我在洛杉矶蒙特利公园郊区长大。

我的父母都是老师。在我很小的时候，父母外出工作，我的外公、外婆来照顾我。

我的父母，玛琳和弗兰克，在20世纪50年代末

外公和外婆都于1900年出生在中国广东。我外公在20世纪20年代初来到美国，我的外婆后来也来美国和他团聚。

我小时候，每个星期天都去外公、外婆家。在那里，我和哥哥罗杰会和我们的几个表兄弟一起玩，而舅舅、舅妈、姨妈们都谈笑风生。食物非常丰富，每次都有外婆教我做的油煎馄饨。

我的外公和外婆，以及他们的子女。我的母亲位于照片前排右下方

在大学里，我选修了一门名为“美籍华人”的课程。我第一次了解到来自中国的移民所承受的艰辛和偏见。我的外公、外婆从来没有说过这些。

洛杉矶是个大熔炉。我在成长的过程中，起初并没有人因为我的长相而盯着我看。后来，我搬到一个几乎没有亚洲人的地方，突然间就会有陌生人问："你来自哪里？"我答道："洛杉矶。"他们会说："不，你来自哪个国家？"在此之前，我从没想过我的华裔身份。我只想着成为我自己。

这件事情，以及我生活中发生的其他事情，让我开始构思梅子的故事。

虽然书中的故事背景设定在当代，但它实际上是从 1853 年的陈阿福的故事开始的。梅子和阿福的故事，以及拉丝强斯、金宫饭店和书中的人物，都纯属虚构。这给了我一个机会去探索一位中国移民的经历：他在修建铁路时承受偏见和种族矛盾，他最终定居于美国的中部地区。中国移民不仅仅存在于美国历史中，而且影响和建构了美国历史。

从 1863 年到 1869 年，多达两万名华工在横贯大陆的铁路——被称为"中央太平洋铁路"——的西部地区工作。他们占劳动力的 90%，工资却比白人低 30% 到 50%。

一旦横贯大陆的铁路线建成，横穿美国的旅程就只需要一个星期，而不是像过去那样需要一个月。它打开了大多数人只是听说过而从未见过的西部地区，并为企业和制造商提供了新的经济机会。然而，横贯大陆的铁路也以破坏性的方式改变了这个国家。许多火车穿过部落土地，摧毁了土著社区和文化，改变了地区景观，破坏了资源，并形成了一些不受欢迎的白人定居点。

对于中国移民来说，他们在美国历史上的地位仍晦暗不明。经营作为生活的必需品之一的食物，成为很多华人开始新生活的基础。广州酒家是美国最早有记载的中餐馆之一，于1849年在旧金山开业。1882年的《排华法案》限制了来美国的中国劳工的数量，但商人除外。在1915年，餐馆老板也被纳入了这一类，越来越多的中餐馆开始出现在以前没有中餐馆的地区。据一家行业研究机构称，到2020年为止，美国大约有两万五千家中餐馆，数量超过了麦当劳和汉堡王餐厅的总和！

为了做研究，我去了旧金山。在那里，我探访了唐人街，吃了很多中国菜，还重访了我小时候去过的那家幸运饼干厂。有人说，幸运饼干最早出现在19世纪的日本京都；另一些人则声称，幸运饼干在20世纪初的旧金山首次出现；还有一些人坚持认为，幸运饼干最早是在洛杉矶被创造出来的。

在明尼苏达州期间，我参观了一些古色古香的小镇。诺斯菲尔德历史学会设在一家银行里，这家银行以发生于1876年的一起抢劫案而闻名，当地居民和银行劫匪展开了斗争，这件事被我写入了阿福的故事中。

在写这部作品时，我对其他人物和事件的设计也进行了自由的创造，包括女演员李珍的故事。虽然她是虚构的人物，但我把她想象成长得像“第一位华裔美国电影明星”安娜·梅·王。

到19世纪80年代，加州25%的工人是华人。在1882年的《排华法案》颁布之前，就有成千上万像阿福一样的人来到了美国。《排华法案》是第一部限制某个民族移民的国家法律。

1906年，旧金山地震和火灾摧毁了公民身份档案，这使得年轻的中国男子更容易购买虚构的身份证件。这些“纸儿子”声称他们是在美国出生的华裔的孩子。这是当时中国人成为美国公民的唯一途径，这也的确让他们成了美国公民。

像梅子的奥妈那样，一些年长的华裔美国公民仍然记得被驱逐出境的恐惧，也不愿谈论他们作为纸儿子的历史。我的外公、外婆是通过旧金山移民站来的，我外公在小杂货店里经营农产品。后来，我外婆在一家缝纫厂工作，成为第一批加入工会的中国妇女之一。

在阿福的故事中，我写到一些针对中国移民的阻挠和辱骂。可悲的是，今天仍然存在许多同样充满敌意和种族主义的语言。这伤害了民族感情而且导致社会不和谐，我起初颇为犹豫，不知在这本书中该包含多少此类内容。最终，我决定揭露一些事例，而不是回避现实。

当我写完梅子故事的最后几章时，现实社会中针对亚裔美国人的仇恨犯罪仍在上升。我备感伤心，我问自己："我能做什么？"然后，我告诉自己——继续以写作来抗议。

有些人想要撕裂我们，而另一些人则让我们联合起来。我把梅子看作一座桥梁。这本书不仅是对美籍华人移民的致敬，也是对所有帮助建设美国的人的致敬。梅子连接起不同的地方、不同的时代和形形色色的人。像大多数移民家庭一样，我的外公、外婆为他们的孩子牺牲了很多，我的父母也是如此。现在，通过梅子的故事，我希望我可以把一些中国历史传递给我自己的孩子，并且在将来，也传递给他们的孩子。

# 小译林国际大奖童书

情感认知 · 性格培养 · 生命教育 · 成长励志

**《萨姆的八个愿望》**，[英国]萨莉·尼科尔斯/著，向丽娟/译

**《借东西的小人》**，[英国]玛丽·诺顿/著，任溶溶/译

**《老师，水缸破了！》**，[伊朗]胡桑·莫拉迪·凯尔马尼/著，侯萍/译

**《妈妈的银行账户》**，[美国]凯瑟琳·福布斯/著，侯萍、宋苏晨/译

**《天虹战队小学》**，[印度尼西亚]安德烈亚·伊拉塔/著，熊裕、李佳/译

**《魔柜小奇兵》**，[英国]琳妮·里德·班克斯/著，孙玮/译

**《小间谍哈瑞特》**，[美国]路易斯·菲兹修/著，李冉/译

**《同学都说我丑》**，[奥地利]克里斯蒂娜·涅斯特林格/著，赖雅静/译

**《我的哥哥吹黑管》**，[俄罗斯]阿纳托利·阿列克辛/著，张俊翔/译

**《我被爸爸绑架了》**，[日本]角田光代/著，龚群/译

**《你的世界有多大》**，[瑞典]乌尔夫·尼尔松/著，赵清/译

**《镜中的爱丽丝》**，[英国]凯西·卡西迪/著，万洁/译

**《作业机器的秘密》**，[美国]丹·古特曼/著，筱舟/译

**《罐头里的小孩》**，[奥地利]克里斯蒂娜·涅斯特林格/著，任溶溶/译

**《纳尼亚传奇：狮子、女巫和魔衣柜》**，[英国]C.S. 刘易斯/著，陈良廷、刘文澜/译

**《男孩米达斯和巧克力魔法》**，[英国]帕特里克·卡特林/著，阿昡/译

**《布鲁克林有棵树》（青少版）**，[美国]贝蒂·史密斯/著，方柏林/译

**《我家的故事》**，[俄罗斯]阿纳托利·阿列克辛/著，张俊翔/译

**《小银和我》**，[西班牙]胡安·拉蒙·希梅内斯/著，张伟劼/译

《总有一天会强大》，[日本]伊藤未来/著，田秀娟/译

《居里夫人的故事》，[英国]埃列娜·杜尔利/著，缪建维/译

《摩天轮上的男孩》，[英国]西沃恩·多德/著，康燕燕/译

《库布库布航海记》，[日本]北杜夫/著，曹艺/译

《魔法铅笔知道答案》，[美国]凯特·梅斯纳/著，高雪莲/译

《尼姆的老鼠》，[美国]罗伯特·奥布赖恩/著，齐若兰/译

《我和奶奶的奇妙之旅》，[比利时]热罗姆·蓬森/著，梅思繁/译

《175岁的哈里特和它的朋友们》，[韩国]韩允燮/著，徐丽红/译

《暑假奇迹》，[日本]朝比奈蓉子/著，吕灵芝/译

《家里来了大老鼠》，[意大利]安娜丽莎·斯特拉达/著，温爽、陈晶晶/译

《长笛女孩》，[英国]卡蒂娅·巴伦/著，陈怀菊/译

《小学生玛莎上班记》，[俄罗斯]爱德华·乌斯宾斯基/著，李江华/译

《埃米尔擒贼记》，[德国]埃里希·凯斯特纳/著，王丽丽/译

《两个小洛特》，[德国]埃里希·凯斯特纳/著，董晓男/译

《我是克里克，克里克就是我》，[荷兰]汉娜·克兰/著，林霄霄/译

《十二岁忽而长大》，[美国]易丽莎/著，谈凤霞/译